Terry Deary

Sagenhaft, die Griechen

Übersetzt aus dem Englischen
von Salah Naoura

Illustrationen von Martin Brown

Loewe

Der Umwelt zuliebe ist dieses Buch auf chlorfrei gebleichtem Papier gedruckt.

ISBN 3-7855-3305-5 – 2. Auflage 2001

Die Originalausgabe ist in Großbritannien bei Scholastic Publications Ltd unter dem Titel *Horrible Histories/The Groovy Greeks* erschienen.
Aus dem Englischen übersetzt von Salah Naoura

Umschlagillustration: Martin Brown
Umschlaggestaltung: Pro Design, Klaus Kögler
Gesamtherstellung: Westermann Druck, Zwickau
Printed in Germany

www.loewe-verlag.de

Inhalt

Vorwort

Geschichte kann einfach schrecklich sein. Und wisst ihr, wer daran schuld ist?

Nein, die alten Griechen sind schuld!

Die Griechen erfanden die Geschichte vor 2 500 Jahren ...

Geschichtsunterricht ist nicht das Einzige, was wir den alten Griechen zu verdanken haben. Sie haben auch das Theater und die Olympischen Spiele erfunden und sogar die Kamera!

So ein Zufall – hier ist es schon! In diesem Buch erfahrt ihr alles, was euch ein Lehrer nie erzählen würde. Alles, was wirklich spannend und interessant ist. Geschichte kann nämlich echt witzig sein – und auch ganz schön gruselig!

Zeittafel der sagenhaften Griechen

vor Chr.

1600–1200 Kretisch-mykenische Hochkultur. Adelige Herren mit riesigen Burgen regieren das Land.

um 1180 Die Schlacht von Troja. Die Trojaner fallen auf den berühmten Trick mit dem Holzpferd rein.

um 1100 Der Stadtstaat Sparta wird gegründet.

776 Erste überlieferte Olympische Spiele.

um 750–550 Griechen fahren zur See und werden zu erfolgreichen Händlern und Kaufleuten.

um 730 Die weltweit ersten geschriebenen Dichtungen entstehen. Der berühmteste griechische Dichter ist der alte Homer.

640 Im Tempel der Göttin Hera in Olympia werden die weltweit ersten Dachziegel hergestellt.

um 600 Der große griechische Wissenschaftler Thales behauptet, dass die Erde ganz und gar von Wasser umgeben ist.

585 Wissenschaftler Thales sagt eine Sonnenfinsternis voraus.

um 550 König Kroisos von Lydien lässt Gold- und Silbergeld prägen – die ersten Münzen mit Inschriften!

um 520 Alkmaion von Kroton erforscht den menschlichen Körper, indem er Leichen aufschneidet – hu!

490 Die Perser fallen in Griechenland ein – und werden von den Griechen in der Schlacht von Marathon besiegt.

486 In Athen wird die erste Komödie aufgeführt.

480 Der Perserkönig Xerxes greift die Griechen an. Spartanische Helden lassen ihr Leben.

460 Athen im Krieg mit Sparta und Persien.

431–404 Athen wird den anderen Griechen zu mächtig, deshalb beginnen sie den „Peloponnesischen Krieg“ – neuer Anführer wird Sparta.

430 Eine schlimme Seuche rafft Perikles, den Herrscher Athens, dahin – und dazu gleich noch ein Viertel der Stadtbevölkerung.

413 Vernichtung der Athener Flotte im Hafen von Syrakus – die Folge ist …

404 … der Fall Athens.

um 400 Griechische Waffenbauer erfinden Wurfmaschinen für Stein- und Pfeilgeschosse – die Vorläufer der späteren Armbrust.

378–371 Die Spartaner verlieren ihre Führungsrolle an die Thebaner.

336 Alexander der Große wird König von Makedonien, nachdem sein Vater ermordet wurde. Innerhalb von zehn Jahren gelingt es ihm, den alten Feind Persien zu besiegen.

330 Aristoteles erfindet die „Camera obscura“ – eine Art Gucklochkamera und die Grundidee für Film und Fernsehen von heute – toll, was?

323 Alexander stirbt. Seine Generäle teilen sein Reich unter sich auf.

322 Ende der Demokratie in Athen, als die Makedonier die Macht übernehmen.

215 Archimedes erfindet Kriegsmaschinen wie das Katapult – damit halten sich die Griechen die Römer drei Jahre lang vom Hals.

213 Archimedes lässt am Hafen Spiegel anbringen, die die angreifenden Römer blenden und ihre Schiffe in Brand setzen! (So sagt zumindest die Legende.)

212 Die Römer greifen an!

146 Griechenland gehört zum Römischen Reich.

nach Chr.

394 Die Römer schaffen die Olympischen Spiele ab – 1500 Jahre lang finden sie nicht mehr statt!

Die grausamen Götter

Vor den sagenhaften Griechen herrschten die mächtigen Mykenen in Griechenland. Der größte Palast der Zeit stand auf der Insel Kreta – er war so supervornehm, dass die Königin, die dort lebte, die erste Toilette der Welt mit Wasserspülung hatte! Aber irgendwann waren die Paläste zerstört, und die mykenische Kultur ging wieder unter – und mit ihr das Wasserklosett. Was war schief gegangen? Lag es an …

- einem Krieg und feindlichen Angriffen
- Krankheiten und Seuchen
- Dürrekatastrophen und Hungersnöten
- oder an einem Klima-Umschwung?

All das halten die Geschichtsforscher für möglich, aber – genau wie beim Aussterben der Dinosaurier – kann man bis heute nicht sagen, was wirklich passiert ist.

Weil die ganze Kultur vernichtet war, verschwand auch die Schrift. Die Griechen wurden zu Analphabeten. Deswegen wissen wir nicht viel über diese Zeit – die Wissenschaftler nennen sie die *Dunklen Jahrhunderte.*

Nun wurde Geschichte nicht mehr geschrieben, sondern erzählt. Dabei wurden diese Geschichten immer unglaublicher. Jeder dichtete etwas dazu – sie wurden zu Sagen.

Gruseliges liebten die Griechen ganz besonders. Ein griechischer Schriftsteller war der Meinung, dass man den Kindern solche Geschichten lieber nicht erzählen sollte (genau wie die Erwachsenen heutzutage nicht begeistert sind, wenn ihre Kinder Horrorfilme gucken).

Aber in diesem Buch hier geht's um Wahnsinnswissen – und die folgende Geschichte ist nichts für schwache Gemüter!

Lest nicht weiter, wenn ihr leicht Albträume kriegt – oder macht wenigstens die Augen zu, wenn es ganz besonders scheußlich wird!

WIR HABEN EUCH GEWARNT!

Götterspeise

Kronos war der Chefgott. Aber besonders glücklich war er dabei nicht. Sein Vater hatte ihm nämlich geweissagt, dass irgendwann eines seiner Kinder seinen Posten einnehmen würde.

„Das wäre ja noch schöner!", schimpfte Kronos. „Frau, reich mal das Baby rüber!"

„Warum?"

„Keine blöden Fragen, her mit dem Kind!"

Frau Kronos gab ihm den kleinen Säugling. „Hier ... Aber ... was machst du denn da mit dem Baby!", schrie sie.

„Ich esse es."

„Essen? Du grässlicher Gierschlund, du kannst doch unmöglich schon wieder Hunger haben – wir haben gerade erst zu Mittag gegessen!"

„Ich bin nicht hungrig", knurrte der Chefgott. „Aber diese Weissagung, dass eines meiner Kinder mich absetzen will, gefällt mir ganz und gar nicht! Kein Kind, kein Problem – so sehe ich die Sache!"

„Du glaubst doch wohl nicht ernsthaft an diesen Astrologie-Hokuspokus!" Frau Kronos seufzte.

„Man soll sein Schicksal nicht herausfordern, das ist meine Meinung!", sagte Kronos ungerührt. „Gib mir mal die Magentabletten."

Wie das so ist, die Zeit verging, Frau Kronos brachte noch weitere göttliche Kinder zur Welt … und Kronos verspeiste sie allesamt. Das heißt: fast alle. So langsam hatte Frau Kronos nämlich genug von der bestialischen Fresserei. „Schluss damit!", sagte sie sich und versteckte das letzte Baby, den kleinen Zeus, unter dem Bett. Sie nahm einen großen Stein, wickelte ihn in eine Babydecke und legte ihn in die Wiege.

Da kam auch schon Kronos zur Tür herein. „Wo ist er?"

„Im Bett."

Kronos warf einen Blick auf den Felsbrocken. „Ganz schön hässlich, der Kleine, was?", sagte er.

„Liegt wohl am Vater", brummte Frau Kronos.

„Zergeht nicht gerade auf der Zunge", sagte Kronos, der sich die Zähne an dem Felsen ausbiss.

Frau Kronos nickte. „Vielleicht ist er einfach zäher als die anderen“, sagte sie.

Kronos sank auf das göttliche Sofa. „Ooooh! Ich glaube, das hier war ein ganz schön harter Brocken!“

„Kann schon sein“, sagte Frau Kronos. „Aber das bist du ebenfalls, Liebling!“

„Oooooh!“ Der große Gott stöhnte und hielt sich den Bauch. „Mir wird ganz übel!“

„Bitte nicht auf den Teppich, Liebling. Dahinten steht eine Schüssel!“, sagte Frau Kronos streng.

Mit einem göttlichen Rülpser spie Kronos nicht nur das Baby aus Stein, sondern auch all die anderen Kinder wieder aus.

„Da sieht man’s mal wieder“, sagte Frau Kronos erfreut.

„Ein guter Gott lässt sich einfach nicht unterkriegen!“

Und, was meint ihr? Haben die kleinen Götter ihren grausamen Vater abgesetzt?

Mit Kronos braucht ihr jetzt kein Mitleid zu haben; immerhin hatte er seinen eigenen Vater entmannt und dessen Weichteile über alle Meere verstreut. Nun wurden er und die anderen alten Götter von Zeus und den neuen Göttern in Rente geschickt. Bei diesen neuen Göttern war viel mehr los als bei den alten. Sie waren eine große, chaotische Familie. Immerzu am Streiten, am Kämpfen und damit beschäftigt, sich gegenseitig zu ärgern.

Vom Sitz der Götter auf dem Berg Olymp herrschte Zeus über Himmel und Erde. Von all den verrückten Göttern war er der verrückteste. Und er hatte den absolute Top-Job. Wenn er nicht gerade mit Menschenmädchen flirtete, erschreckte er die Leute mit Schleuderblitzen.

Zeus' Bruder, Poseidon, war der Herrscher der Meere. Das war ein mieser Job, mit dem der arme Posi nicht gerade das große Los gezogen hatte. Und weil er ein schlechter Verlierer war, stapfte er wütend umher und peitschte das Meer mit seiner Gabel zu Stürmen. Ein ziemlicher Schaumschläger!

Hades, der dritte der Brüder, war am schlechtesten dran. Er hatte die Ehre, über die Unterwelt zu herrschen. Das muss echt die Hölle gewesen sein!

Mini-Quiz

Prometheus, ein junger Gott, mochte die Menschen. Deswegen stahl er für sie das göttliche Feuer und brachte es zur Erde. Doch daraufhin bestrafte Chefgott Zeus die Menschheit mit einer schrecklichen Plage. Welche war es?

1 Frauen
2 Fliegen
3 Lehrer

Lösung:

1 Die Frauen! Prometheus Bruder hatte eine aufgenommen, die zur Stifterin allen Übels wurde. Jetzt verführten die Frauen die Männer – und zugleich waren sie absolute Nervensägen. Frauen waren eine große Hilfe, wenn es darum ging, Geld auszugeben, und überhaupt keine Hilfe, wenn der Mann arm war. Natürlich ist dies eine Legende und blanker Unsinn – falls ihr Zweifel haben solltet, fragt mal eine Frau!

Griechische Geschenke

Die Holzköpfe von Troja

Fast jeder kennt die Geschichte vom Trojanischen Pferd. Aber mal ehrlich, kann man so was glauben? Diese trojanischen Trottel entdeckten ein Holzpferd vor der Toren ihrer Stadt …

He, weißt du, was. Wie wär's, wenn wir das Pferd in die Stadt bringen? Das wäre doch der ideale Schmuck für unseren Marktplatz!
Stimmt, hölzerne Pferde sind selten!
Das wird der neueste Schrei!
Wie praktisch, es hat sogar Räder zum Transportieren!
Fast als hätten die Griechen geahnt, dass wir's transportieren!
Sehr aufmerksam! Also wirklich!
Ähm ... Paris? Meinst du nicht, das könnte ... äh ... so 'ne Art Falle sein? Mama sagt immer: Nimm kein Geschenk von einem Griechen!
Deine Mutter ist eine misstrauische alte Schachtel! Los, fass mal mit an!

Jeder findet diese Geschichte toll und denkt, dass es ziemlich dämlich von den Trojanern war, die Feinde im Holzpferd in ihre Stadt hineinzurollen. Tatsache ist: Ja, es war unglaublich dämlich! Die Trojaner hatten nicht mal genug Grütze für einen halben Nachtisch im Kopf!

Die Griechen schafften es nämlich, sie noch einmal hereinzulegen!

Nicht zu glauben, aber es stimmt! Die Geschichte mit dem hohlen Holzpferd kennt fast jeder. Doch kaum ein Lehrer erzählt was darüber, dass die Trojaner die Griechen tatsächlich ein zweites Mal in ihre Stadt ließen, und zwar über 800 Jahre nach der Pleite mit dem Pferd – nämlich im Jahre 360 vor Christus …

Trojanische Trotteligkeit … zweiter Teil

Der Feldherr Charidemos hatte die Nase gestrichen voll. Er schritt in seinem Zelt auf und ab und fuhr sich mit seiner starken Hand durchs Haar. „Ich schaffe es niemals, Troja zu erobern!“, schimpfte er. „Die Stadtmauern sind einfach zu dick! … Und diese Trojaner machen nicht gerade den Eindruck, als ob sie am Verhungern wären, richtig?“

„Leider nicht“, brummte der junge Leutnant. „Vielleicht könnten wir ja ein Holzpferd bauen und …“

Charidemos warf ihm einen wütenden Blick zu. „Besten Dank! Du bist jetzt schon der Fünfte, der mir damit kommt! Als ob die Trojaner auf so einen uralten Trick hereinfallen würden! Die würden das Pferd doch sofort in Brand stecken! Möchtest du dich freiwillig reinsetzen?“

„Nein, danke.“ Der Jungleutnant errötete vor Scham. Erleichtert hörte er, wie sich draußen Schritte näherten. Er sprang zum Zelteingang.

„Das Losungswort?“

„Ajax!“, sagte eine Männerstimme.

Der Leutnant öffnete und sagte: „Tritt ein, Freund!“

Der Wachmann trat ein.

An einer kurzen Kette zog er einen zerlumpten Mann hinter sich her. „Melde gehorsamst, ein Spion, Sir!“, brüllte der Wachmann. „Hab ihn dabei erwischt, wie er Lebensmittel stehlen wollte! Soll ich ihn gleich hinrichten?“

Charidemos musterte den Gefangenen. Seine Kleidung war schmutzig und zerrissen, aber sie wirkte vornehm. „Noch nicht, Hauptmann. Lass uns allein.“

Der Hauptmann salutierte wieder und verließ das Zelt. Charidemos deutete auf eines der Sitzkissen. „Nimm Platz!“, befahl er. „Wie lautet dein Name?“

Der Gefangene grinste. „Damon.“ Er war ein drahtiger Mann mit dunklen Augen, die ständig in Bewegung waren und keinem Blick standhielten.

„Du bist also aus Troja und hast versucht, bei uns etwas zu essen zu stehlen. Herrscht denn in der Stadt solche Not?“

Damon setzte ein cooles Lächeln auf. „Ihr Griechen habt einfach mehr zu essen als wir Trojaner. Unser König hat uns auch schon vor der Belagerung wenig zu essen gegeben.“

„Wenn du mit deinem König unzufrieden bist, wieso dienst du ihm dann?“, fragte der Feldherr.

Der Gefangene zuckte mit den Schultern. „Dafür werde ich schließlich bezahlt.“

Charidemos beugte sich vor. „Und wenn ich dich in meine Dienste nähme? Gegen höheren Lohn und bessere Verpflegung?“

Damon betrachtete seinen Daumen und steckte ihn nachdenklich in den Mund. „Ich würde gerne für Euch arbeiten. Ich würde Euch treu dienen.“

Die Augen des Feldherrn wurden zu schmalen Schlitzen. „Oh, das glaube ich dir gern, Damon. Männer, die mich verraten, lassen nämlich ihr Leben ... und sie lassen es ziemlich langsam.“

Damon rutschte unruhig auf seinem Kissen hin und her und lächelte nervös. „Also, was muss ich tun?“, fragte er.

„Du sollst mein Holzpferd sein, Damon. Pass genau auf, ich sage dir, was du tun sollst...“

Die Vorbereitungen für den Plan des Feldherrn dauerten eine Woche. Sein junger Leutnant wurde langsam nervös. Als er die Schnalle an Charidemos’ Rüstung festzog, fragte er ihn: „Woher wollt Ihr wissen, dass Damon uns nicht hintergeht?“

Der Feldherr wog sein Schwert in den Händen. „Damon ist zwar käuflich, aber nicht dumm. Er weiß genau, dass es nur eine Frage der Zeit ist, bis wir Troja erobern. Wenn es zu lange dauert, werden wir ungemütlich – das weiß er. Ihm ist klar, dass wir alle Trojaner niedermetzeln würden – und ihn mit. Wenn er uns unterstützt, rettet er sein Leben – und er braucht abends nicht mehr hungrig schlafen zu gehen."

Er ließ das Schwert in die Scheide gleiten. „Hilf mir mal mit dem Umhang!"

Der junge Leutnant nahm den schmutzigen weiten Umhang und legte ihn Charidemos um die Schultern. Eine Kapuze bedeckte den kantigen Kopf des Feldherrn. Der Leutnant zupfte den Umhang zurecht, bis die Waffen darunter verschwanden, dann rieb er Charidemos die Hände mit Staub ein. Er nickte. „So wird man Euch für einen armen Wanderer halten, Sir!"

Der Feldherr schritt zum Zelt hinaus, wo ein Dutzend Männer auf ihn warteten, die auf dieselbe Art gekleidet waren. Niemand sprach ein Wort. Charidemos ging voran; im Schein der Fackeln verließen sie das Lager und bogen ab auf die steinige Straße Richtung Troja. Eine kleine Gestalt auf einem Pferd wartete schweigend am Wege.

„Alles bereit, Damon?", fragte der Feldherr leise.

„Alles bereit!", sagte Damon und lächelte. Er wendete sein Pferd und ritt langsam auf das Stadttor von Troja zu. Hinter ihm her hinkten auf ihren schlurfenden Sandalen die Griechen.

„Wer da?", rief die Stadtwache recht lautstark vom Turm herunter.

„Damon!", antwortete der Verräter.

„Ach du bist's! Wen hast du bei dir?"

„Die Griechen werden unvorsichtig. Ich bin in ihr Lager eingedrungen. Ein paar von unseren Leuten, die sie gefangen genommen haben, wurden nur von einem einzigen Mann bewacht. Ich habe ihn umgebracht und sie befreit!", log Damon. „Lass uns schnell herein, sie sind krank und schwach!"

„In Ordnung. Damon ... Äh, gib mir lieber noch das Losungswort!"

„Castor!", sagte Damon mit fester Stimme und wie aus der Pistole geschossen.

Das Tor schwang knarrend auf. Damon ritt auf seinem Pferd hindurch, die Soldaten trotteten hinterher.

Als die Torflügel sich schlossen, warfen die Männer im Schatten der Stadtmauer ihre Umhänge von sich. Dann stiegen sie die Treppe hinauf, die zu den Wachtürmen und dem Rundgang führte.

Die Trojaner hatten keine Chance: Wer den Feind außerhalb der Stadt beobachtet, rechnet schließlich nicht damit, innerhalb der Mauern angegriffen zu werden.

Charidemos schnitt die letzte Kehle durch und ließ den Toten über die Mauer in den pechschwarzen Graben fallen, der die Burg umgab. Dann berieten sie sich in dem Turm über der Toreinfahrt.

„Jetzt warten wir auf unsere restlichen Leute", begann Charidemos. Da hastete der Leutnant an die Mauer und sah hinunter. Von der steinigen Straße waren knirschende Schritte zu hören, als eine Heerschar unten vor dem Tor zum Stehen kam.

„Sie sind schon da, Sir – viel zu früh!“, keuchte der junge Leutnant erschrocken.

„Entweder das, oder es sind gar nicht unsere Männer“, sagte Charidemos.

„Wie sollen wir sie in der Dunkelheit denn unterscheiden?“

„Die Losung, Mann, die Losung! Wie war die noch gleich? ‚Holzpferd‘ oder so ähnlich … Los, frag schon!“, befahl der Feldherr.

„Wer da?“, rief der Leutnant.

„Gut Freund!“, kam die Antwort.

„Die Losung!“

Kurze Stille, dann rief eine Stimme: „Castor!“

Die Griechen sahen Charidemos fragend an.

„Lasst sie herein! Wenn wir es nicht tun, schlagen sie Alarm, bevor unsere Leute da sind. Versteckt euch hinter den Torflügeln, und wenn der Letzte von ihnen drin ist, springt ihr hervor und bringt sie um – und zwar alle!“

Die Soldaten schlichen die Treppen hinab und nahmen Aufstellung, während Charidemos und sein Leutnant die Winden betätigten, um das Tor zu öffnen. Militärischer Gleichschritt war zu hören, dann überraschte und ängstliche Schreie, Geklirr von Waffen – gefolgt von tödlicher Stille.

Im dunkelsten Winkel der Straßen von Troja verzog ein kleinwüchsiger Mann sein Gesicht zu einem teuflischen Grinsen. Das Pferd, auf dem er saß, hatte die griechischen Feinde in die Stadt hineingeführt – das zweite Pferd, das Troja Unglück brachte …

Theater, Theater

Nach den Göttersagen kamen die Geschichten über Helden. Diese antiken Helden waren fast so stark und mächtig wie Götter, mit nur einem Unterschied: Sie waren sterblich.

Die Heldensagen waren sehr lang und außerdem gereimt – heute nennt man sie „Epen“. In den Palästen des alten Griechenlands wurden solche Geschichten als Gesänge vorgetragen. Später, nach der schriftlosen Zeit, den Dunklen Jahrhunderten, wurden sie aufgeschrieben. Das älteste Epos stammt von dem griechischen Dichter Homer und heißt *Die Ilias*. Die Geschichte spielt während des Kampfes um Troja und handelt von todesmutigen Helden, die im Auftrag von König Menelaos versuchen, seine Frau, die schöne Helena, zu befreien.

Wenn die Epen auf der Bühne vorgetragen wurden, traten dazu Tanzgruppen auf. Schließlich kam ein pfiffiger Dichter namens Aischylos auf eine geniale Idee: Er stellte einfach noch einen zweiten Leser auf die Bühne – und das Schauspiel war geboren ... Noch eine Erfindung der Griechen!

Ein anderer berühmter Dichter war Euripides. An seinen Stücken haben schon viele Schülertheater Freude gehabt, z. B. an der Tragödie Elektra ...

Natürlich mussten die Griechen sich, wie bei so vielen Dingen, auch im Schreiben von Theaterstücken gegenseitig übertrumpfen. Die Aufführungen wurden zu regelrechten Wettbewerben, bei denen das beste Stück am Ende ausgezeichnet wurde. Aber so ein antiker Theaterbesuch war ganz anders als heute. Das damalige griechische Theater …

- fand unter freiem Himmel statt
- erlaubte nur Männer auf der Bühne – es gab keine Schauspielerinnen!
- zeigte keine aufregenden Action-Szenen – über Morde und andere Katastrophen wurde nur berichtet
- ließ alle Schauspieler mit Masken auftreten. Um größer zu sein, trugen sie hohe Plateauschuhe, mit denen man sich auf der Bühne nur sehr langsam bewegen konnte.

Es gab zwei Formen von Theaterstücken: Ernste, in denen ein Haufen Leute auf tragische Weise in den Tod getrieben wurde – das waren die Tragödien. Und natürlich verrückte, witzige und derbe Stücke – das waren die Komödien.

Eins der beliebtesten Tragödienthemen war die Geschichte des Trojanischen Krieges. Sie ist von vielen Dichtern beschrieben worden, und jeder versuchte auf seine Weise, sie interessanter zu erzählen als die anderen.

Dichter Aischylos berichtete nichts über die Kämpfe in Troja. Für ihn waren die Frauen wichtiger, die zu Hause saßen, während ihre Männer in den Krieg zogen. Wie zum Beispiel Klytaimnestra, die Frau des Feldherrn Agamemnon.

Wenn Klytaimnestra ein Tagebuch über diese aufregende Zeit geführt hätte – was hätte sie wohl geschrieben? Zum Beispiel:

Mein Mord-Tagebuch

Liebes Tagebuch!

Du wirst nicht glauben, was meine Stiefschwester Helena angestellt hat! Sie ist mit diesem jungen Mann durchgebrannt, diesem Paris! So eine Schlampe! Kaum lässt ihr Gatte Menelaos sie mal alleine im Palast, da reißt sie sich gleich den kleinen Paris auf – ist doch widerlich! Also, ich würde nie mit einem Gast anbändeln. Schließlich hab ich drei Kinder zu erziehen, da muss man doch ein gutes Vorbild sein! Jedenfalls glauben alle, dass sie nach Troja abgehauen sind. Immer noch besser als nach Sparta. Die sind echt brutal da. Es ist nicht zum Aushalten dort, das hab ich ihr immer schon gesagt. Keine Frage – das gibt noch Ärger! Agamemnon, mein lieber Gatte, kam heute Abend in mein Gemach gestürzt. „Hast du gehört, was deine Schwester sich mal wieder geleistet hat?“, schnauzte er mich an.

Troja

„Hab ich“, erwiderte ich. „Und ich muss sagen, ich kann's ihr nicht verübeln. Dieser Paris ist doch ein toller junger Mann!“ Ich weiß genau, dass Agamemnon sich immer schrecklich aufregt, wenn ich so etwas sage. Er wurde rot wie Opferschalenblut. Aber ich lasse es nicht zu, dass er Helena beschimpft.

Klar, sie ist immer schon ein Flittchen gewesen – das geb ich gerne zu. Aber sie ist meine Stiefschwester, und ich erlaube niemandem, schlecht von ihr zu reden.

„Toller junger Mann!", hat er gebrüllt.

„Er war ein Gast, ein Gast, und hat das Vertrauen von Menelaos missbraucht! Spannt ihm die Frau aus, während er auf der Jagd ist!"

„Kein Grund zu brüllen, du erschreckst ja Iphigenie", habe ich gesagt und unserer Tochter über den Kopf gestreichelt.

„Was hat Papa denn?", hat Iphigenie ganz interessiert gefragt.

„Deine Tante Helena ist mit dem schönen Prinzen Paris nach Troja gegangen", hab ich ihr erklärt.

„Oh, das ist alles?", meinte sie bloß und ging wieder an ihre Näharbeit. Wundervolles Mädchen, unsere Iphigenie. Wenn doch unsere anderen beiden Kinder, Orestes und Elektra, auch so wären! Sie sind unzertrennlich, die beiden. Ein komisches Paar.

Orestes und Elektra

„Das gibt auf jeden Fall Ärger", sagte Agamemnon. „Großen Ärger. Wir sollen mit tausend Schiffen hinterher und Helena zurückholen!"

„Das wird ja Monate dauern!", sagte ich.

„Ein Grieche muss tun, was ein Grieche eben tun muss“, hat er gemeint. „Bring mir was zu essen, und dann muss ich los, das Heer organisieren.“
„Das Heer organisieren?“, hab ich gefragt. „Jetzt sag mir nicht, dass du auch mitfährst!“
„Mitfahren? Ob ich mitfahre? Ich bin der Anführer der ganzen Expedition! Immerhin ist Menelaos mein Bruder!“
Das ist einfach typisch Agamemnon. Mischt sich in anderer Leute Streitereien ein, um in irgendeine Schlacht zu ziehen. Und ich sitze wieder monatelang alleine hier. Geschähe ihm ganz recht, wenn ich mir einen Liebhaber zulegen

würde, so wie meine Schwester Helena. Das wäre ihm mal eine Lehre! Um ehrlich zu sein, ich hab ja schon seit einiger Zeit ein Auge auf diesen Aigisthos geworfen … Ach, lieber nicht.
Da würde sich unsere Iphigenie nur aufregen. Ich verzeihe Agamemnon noch mal. Hoffentlich wird er seekrank.

Herbst

Ich bring ihn um! Im Ernst, ich werde Agamemnon umbringen! Es ist einfach nicht zu glauben, was er getan hat! Hätte ich ein Schwert zur Hand gehabt, hätte er gleich dran glauben müssen. Aber jetzt ist er fort. Ob es sechs Monate dauert oder sechs Jahre: Wenn er wiederkommt, werde ich mich rächen. Sein Blut soll fließen, und das wird es!

Das werde ich ihm nie vergeben. Ich wusste ja, dass er Probleme hatte. Tausend Schiffe, die nach Troja wollen, und sie kommen nicht mal aus dem Hafen von Aulis heraus. Der Wind hat sie einfach zurückgeblasen, Woche für Woche.
Mir war klar, dass sie das Orakel um Rat fragen würden – aber keiner hat mir gesagt, was es geantwortet hat. Agamemnon war sehr schweigsam, als er zurückkam.
„Und? Was sollen wir tun?", hab ich gefragt.
„Oh, ein Opfer bringen", murmelte er. „Nur ein Opfer, und die Götter werden dafür sorgen, dass der Wind sich dreht."
„Na, wunderbar. Was wird denn geopfert? Ein Schaf? Ein Hirsch?"
Er brummelte etwas in seinen Bart und steuerte auf die Tür zu.
„Wie bitte?", sagte ich. Ich bin ja nicht taub. Er wollte ganz offensichtlich nicht, dass ich ihn verstehe.

„Öh … eine Jungfrau. Wir müssen eine Jungfrau opfern", sagte er, spürbar peinlich berührt.
„Ähm … mein lieber Agamemnon. Du wirst doch wohl nicht ein unschuldiges junges Mädchen umbringen, bloß um diese unnütze, verdorbene Helena zurückzuholen, oder?"
„Ein Grieche muss tun …"
„Ja, was er eben tun muss – ich weiß! Aber es ist einfach schrecklich. Wenn ich mir vorstelle, wie sehr die Mutter des Mädchens leiden wird!"
„Jaja", antwortete er verlegen und schlich hinaus. Ich war so entsetzt. Wie grauenvoll, sich vorzustellen, dass diese Ungeheuer ein Mädchen töten wollten, nur um einen Gott bei Laune zu halten! In meinem Gram rief ich nach unserer kleinen Iphigenie, um auf bessere Gedanken zu kommen. Als die Amme erschien, war sie bleich wie eine Marmorstatue. „Iphigenie ist bei der Opferung", sagte sie.
„Bei der Opferung!", schrie ich. „Sie ist doch noch viel zu jung, um sich so scheußliche Dinge anzusehen! Das regt sie doch nur auf, und nachher isst sie wieder nicht richtig. Sie macht doch immer so ein Theater mit dem Essen."
„Nein", sagte die arme Amme leise. „Sie braucht kein Abendessen mehr. Sie ist nicht nur bei der Opferung, sie ist das Opfer!"
Es verschlug mir die Sprache. Dieser falsche

Dreckskerl von einem Ehemann ließ unsere Tochter auf einem Altar ermorden, nur damit er fortkonnte, um Krieg zu spielen!
Der Wind drehte auch prompt, und Agamemnon ließ sofort alle Segel setzen und machte sich davon, bevor ich ihn zu fassen bekam. Und nun sitze ich hier und darf die beiden Übriggebliebenen aufziehen, die Unzertrennlichen Orestes und Elektra. Aber ich habe Geduld. Grenzenlose Geduld. Das Warten versüßt mir nur den Moment, wo ich ihn endlich zwischen die Finger kriege. Und ich erwische ihn, das schwöre ich. Wenn er nicht schon in Troja umgebracht wird, dann eben hier, nach seiner Rückkehr. Ich habe Zeit.

Fünf Jahre später

Troja einzunehmen ist schwerer, als sie gedacht haben. Und ihr kleines Kriegsspiel ist weniger aufregend als erhofft. Tag für Tag bloß vor den Stadtmauern zu sitzen ist selbst für Spatzenhirne langweilig.

Mir selbst ist die Zeit auch zu lang geworden. Aber inzwischen habe ich den hübschen, einfühlsamen Aigisthos zum Zeitvertreib – wie zuvorkommend von ihm, dass er nicht mitgefahren ist nach Troja!

Agamemnon hat den Tod wirklich verdient. Und jetzt, mit Aigisthos an meiner Seite, bin ich wirklich fest entschlossen, den Alten ins Gras beißen zu lassen, falls er je nach Hause kommt. Also gleich zwei gute Gründe … Das mit Iphigenie hab ich nicht vergessen.
Was die beiden „Unzertrennlichen" angeht: Sie sind so komisch wie immer. Manchmal habe ich das Gefühl, dass sie ihre Mutter gar nicht lieben. Trifft sich gut, denn ich halte auch nicht gerade viel von ihnen.

Noch mal fünf Jahre später

Jetzt ist er also wieder zu Hause. Der große Eroberer ist zurückgekehrt. Weil die Trojaner mit einem fairen Kampf nicht zu besiegen waren, hat er Soldaten in einem Holzpferd versteckt, heißt es.

Das hölzerne Pferd

Mal wieder typisch Agamemnon, hinterlistig wie immer. Die arme Helena ist wieder bei Menelaos, und alle sind zufrieden … außer mir (und den Trojanern natürlich). Erst war ich ganz die Ehefrau, die ihn liebevoll begrüßt. Aber dann trat plötzlich dieses Mädchen vor. „Das ist Kassandra", sagte Agamemnon.
„Kassandra? Die Tochter des Königs von Troja?"

„Jawohl – und sie wird meine Frau", fügte er hinzu.
„Du hast doch eine Frau, du hast mich!"
„Dann wird sie eben meine zweite Frau", sagte er und schritt an mir vorbei in den Palast. Kassandra, diese Bohnenstange, trottete hinter ihm her. Man sagt, sie kann in die Zukunft sehen. In diesem Fall müsste sie ahnen, dass wir sie auch umbringen. Sie weiß es, ich hab's ihr angesehen. Sie weiß es!

Am nächsten Tag

Es ist vollbracht. Er ist tot. Wir haben abgewartet, bis er in der Badewanne war. Dann bin ich mit dem Schwert reingegangen. Ich hätte ihn von hinten erschlagen können. Aber ich wollte, dass er alles mitbekommt – genauso, wie es Iphigenie damals vor zehn Jahren ergangen sein muss. Aigisthos hat ihm dann den Rest gegeben. Ziemlich widerlich, das ganze Blut.
Kassandra war in ihrem Gemach und erwartete uns schon, als ob sie alles wusste. Vielleicht wusste sie es wirklich. Sie hat nicht geschrien oder versucht wegzulaufen. Sie schloss einfach die Augen und senkte den Kopf. Irgendwie war es bei ihr nicht so leicht wie bei ihm. Aber nun ist alles vorbei.
Ach ja, Elektra und Orestes, die Unzertrennlichen, stecken die Köpfe zusammen. Wahrscheinlich eine Verschwörung. Aber was können sie schon tun. Es ist gegen jedes göttliche oder menschliche Gesetz, die eigene Mutter zu töten. Ich habe nichts zu befürchten.

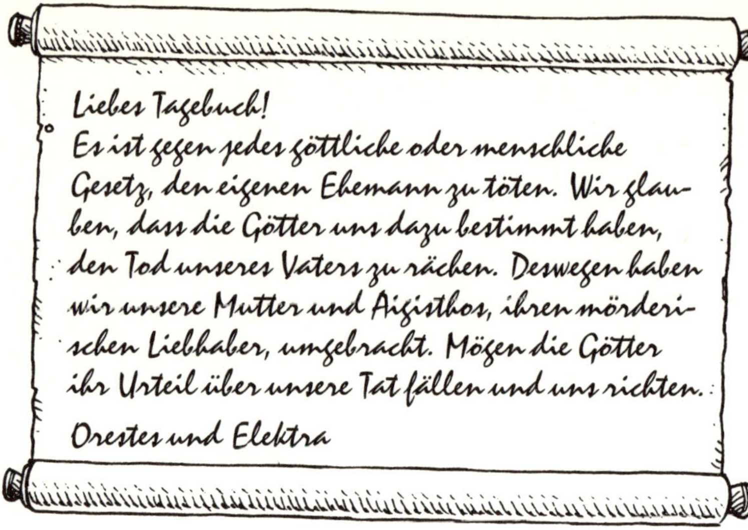

Die Götter beschlossen, Orestes und Elektra für ihre Tat zu bestrafen, und schickten ihnen die Furien auf den Hals, eine Art von Racheengeln. Aber am Ende ließ die Göttin Athene doch noch Gnade walten.

Solche Geschichten waren es, die die Griechen gerne auf der Bühne sahen. Viele Leute meinen, dass heutige Filme im Fernsehen oder im Kino immer brutaler werden. Die Wahrheit ist, dass es Gewalt als „Unterhaltung“ schon seit Tausenden von Jahren gibt.

Die Wahrheit über Troja

Aber beruht diese Geschichte über Troja eigentlich auf historischen Tatsachen? Ist sie wirklich passiert? Homer hat sein Epos ja erst hundert Jahre später geschrieben. Natürlich könnte es sein, dass sie in den Dunklen Jahrhunderten mündlich weitergegeben worden ist. Fragen wir dazu mal einen Historiker …

Gab es die Stadt Troja wirklich?
Ja. Ihre Ruinen sind von Archäologen gefunden worden.
Ruinen? Ist die Stadt zerstört worden?
Sie wurde mehrmals zerstört und wieder aufgebaut. Einmal auch durch ein Erdbeben!
Und hat die schöne Helena gelebt?
Keine Ahnung, aber Königinnen sind öfter entführt worden. Die Geschichte könnte also stimmen.
Ist Iphigenie wirklich geopfert worden?
Schon möglich. Es gab damals wirklich Fälle, wo Kinder geopfert und zum Teil sogar verspeist worden sind!
Uäh! Und was ist mit dem Holzpferd?
Tja, schwierige Frage. Es könnte ein kunstvoll gestalteter Rammbock gewesen sein ...
... So einer mit einem Schutzdach, das die feindlichen Pfeile abhalten sollte. So eine Deckung war lebenswichtig.

Geschichten, die Geschichte machten

Die Griechen liebten nicht nur Theaterstücke, sondern auch gute Geschichten. Und niemand konnte bessere Geschichten erzählen als Äsop. Seine Fabeln sind heute noch berühmt. Jeder kennt die Geschichte vom Wettlauf zwischen Hase und Schildkröte. Die Moral lautet: „Beharrlichkeit kommt auch ans Ziel“. Oder die Geschichte vom Jungen, der „Wolf!“ schrie. Sie lehrt uns: „Wer einmal lügt, dem glaubt man nicht.“

Von Äsop stammen auch viele Sprichwörter wie z. B. sinngemäß: Kümmer dich nicht um ungelegte Eier! Und welche seiner Geschichten ist die gruseligste? Zweifellos seine eigene:

Äsop war ein griechischer Volksheld, der wahrscheinlich im sechsten Jahrhundert vor Christus gelebt hat. Der Legende nach wurde er in Thrakien geboren, lebte als Sklave auf der Insel Samos und begann nach seiner Freilassung damit, durch die Gegend zu reisen und Geschichten zu erzählen. Schließlich kam er nach Delphi zum Orakel – so nannte man damals weise Priester oder Priesterinnen, die mit den Göttern in Verbindung standen und ihre Ratschläge an die Menschen weitergaben. Äsop scheint die Priester des Orakels verärgert zu haben, vielleicht weil er ihnen die folgende Geschichte erzählte …

Der Mann und die Götze

In alten Zeiten beteten die Menschen Götzen an – Gegenstände aus Holz oder Stein, die Gottheiten darstellten und Glück bringen sollten. Einmal trug es sich zu, dass ein Mann eine hölzerne Götze von seinem Vater vermacht bekam. Doch obwohl er sie sehr verehrte und anbetete, blieb er vom Pech verfolgt. In seiner Wut ging er eines Tages zu der hölzernen Figur und fegte sie mit einem Schlag von ihrem Podest, sodass sie zerbrach. Und was geschah? Aus dem Inneren der Holzfigur ergoss sich ein Regen von Geldmünzen auf den Boden.

Und Äsop schloss vielleicht mit den folgenden Worten: „Und die Moral von der Geschichte: Religion ist Schwindel und Betrug, der aus Priestern reiche Leute macht."

Was auch immer Äsop den Priestern des Orakels von Delphi gesagt haben mag – es scheint ihnen nicht gefallen zu haben. Oder sie fanden heraus, dass er Tempeldiebstahl begangen hatte. Denn sie schleppten ihn auf eine hohe Klippe und stießen ihn hinab in den Tod.

Die wilden Spartaner

Der erste mächtige Staat, der nach den Dunklen Jahrhunderten gegründet wurde, war Sparta. Die Spartaner waren ein wenig schwierig. Sie hielten sich für besser als alle anderen. Wenn ihnen ihr Land zu klein wurde, besetzten sie einfach fremden Grund und Boden. Und wenn dort schon Menschen lebten, machten die Spartaner sie zu ihren Sklaven. Kurz gesagt: Sie waren das ungemütlichste Völkchen in ganz Griechenland.

Natürlich hatte nicht jeder Lust, sich versklaven zu lassen. So

mancher legte sich mit den Spartanern an und zahlte es ihnen mit gleicher Münze zurück – mit Gewalt. Von allen Bewohnern Griechenlands waren die Spartaner wahrscheinlich die härtesten, weil sie ihre Kampfkünste immer wieder unter Beweis stellen mussten.

Für die Tapferkeit wurde in Sparta aber auch einiges getan. Man trainierte nicht einfach nur junge Männer im Umgang mit Waffen, sondern begann ihre kämpferische Erziehung schon in frühester Kindheit.

Zehn goldene Regeln zur Erziehung

1 Kinder mussten fit sein! Zum Pflichtprogramm gehörten Laufen, Ringkampf, Speerwurf und Ringe werfen – auch für Mädchen!

2 Bei festlichen Umzügen, Tänzen und religiösen Zeremonien

waren die Mädchen nackt – dadurch wollte man verhindern, dass sie sich für schöne Kleider begeisterten und eitel wurden.
3 Wenn ein junger Spartaner ein Mädchen heiraten wollte, musste er sie mit Gewalt entführen – oder jedenfalls so tun. Dann schnitt sich die Braut die langen Haare ab und verkleidete sich als Mann. Der Bräutigam, der natürlich bei der Armee diente, musste sich heimlich zu seiner neuen Frau schleichen.
4 Die Neugeborenen wurden von den ältesten Spartanern untersucht. Wenn ein Baby gesund und kräftig war, durfte es am Leben bleiben. War es schwach und kränklich, brachte man es auf einen Berg und ließ es dort sterben.

5 Ein Kind gehörte nicht den Eltern, sondern dem Staat Sparta. Mit sieben wurde jedes Kind einer Gruppe zugeteilt. Das stärkste Kind wurde zum Anführer ernannt und durfte die anderen herumkommandieren. Lehrer überwachten die Gruppen und ließen die Kinder häufig gegeneinander kämpfen, um herauszufinden, wer am stärksten war.
6 Mit zwölf durften die Kinder einen Umhang tragen, aber keine Tunika. Baden war nur ein paar Mal im Jahr erlaubt.
7 Geschlafen wurde auf Schilf, das die Kinder sich selbst am Flussufer holen mussten. Im Winter, wenn es kälter wurde, mischten sie ein paar Disteln unter das Schilf … durch das Kratzen und Scheuern auf der Haut wurde ihnen wärmer.

8 Spartanische Kinder bekamen nur karge Mahlzeiten und wurden dazu erzogen, sich etwas zu essen zu stehlen – schließlich sollten sie sich später auf dem Schlachtfeld auch selbst versorgen. Wer beim Stehlen erwischt wurde, erhielt zur Strafe Schläge – nicht wegen des Diebstahls, wohlgemerkt, sondern fürs Erwischtwerden. Junge Männer wurden häufig auch grundlos geschlagen – dies sollte der „Abhärtung" dienen. Wer die Prügel nicht überlebte, hatte Pech.

9 Die jüngeren Knaben mussten den älteren dienen. Ein Biss in die Hand war eine gebräuchliche Strafe, wenn der Jüngere einen Fehler machte.

10 Wer bei einem Kampf vor Angst oder Schmerz schrie, wurde bestraft – zusätzlich bestrafte man auch den besten Freund des Feiglings.

Die wilden Spartaner waren jedoch nicht schlimmer als viele andere Völker dieser Zeit, zum Beispiel die Skythen. Der Geschichtsschreiber Herodot (485–425 v. Chr.) hat die Gräueltaten der Skythen folgendermaßen beschrieben:

> Bei den Skyten ist es Sitte, dass jeder Krieger das Blut des ersten Feindes trinkt, den er getötet hat. Die Häupter der Besiegten werden dem König nach der Schlacht gebracht; nur wer abgeschlagene Köpfe vorzuweisen hat, bekommt auch einen Anteil von der Beute. Das Ablösen des Skalps geht so vor sich:

Ein Junge mit Fuchs sagt keinen Mucks

Wenn ihr die folgende Geschichte aus Sparta lest, kriegt ihr eine gute Vorstellung davon, wie merkwürdig die Spartaner drauf waren. Sie handelt von einem braven spartanischen Jungen …

Die Kunst, ein guter Spartaner zu sein, Teil 1: Klau, was du kriegen kannst – aber lass dich nicht erwischen!

Es war einmal ein Junge, der stahl einen jungen Fuchs.

Die Kunst, ein guter Spartaner zu sein, Teil 2: Ergib dich niemals kampflos!

Jemand hatte beobachtet, wie der Knabe nach der Tat davonrannte, und er wurde gefasst und eingesperrt. Bevor man ihn erwischte, hatte er gerade noch Zeit, den jungen Fuchs unter seiner Tunika zu verstecken.

Die Kunst, ein guter Spartaner zu sein, Teil 3: Lüge, betrüge, und gib bloß nichts zu!

Der Meister des Knaben fragte ihn, was er mit dem Fuchs gemacht habe. Der Junge antwortete: „Ein Fuchs? Was für ein Fuchs? Ich weiß nichts von einem Fuchs!"

Die Kunst, ein guter Spartaner zu sein, Teil 4: Besser ein toter Held als ein lebender Schlaffi!

Der Meister fragte und fragte und hörte gar nicht mehr auf. Da fiel der Junge plötzlich um … und war tot. Als man den leblosen Körper untersuchte, sahen alle, dass der junge Fuchs sich bis in die Eingeweide des Knaben hineingefressen hatte. Der tapfere Junge aber hatte sich die Schmerzen nicht im Geringsten anmerken lassen und nicht aufgegeben, obwohl es ihn das Leben kostete.

Wer lügt heutzutage schon noch so tapfer und todesmutig wie die Spartaner damals?

Tödliche Thermopylen

Die Geschichte mit dem Jungen und dem Fuchs ist womöglich erfunden – aber auf jeden Fall macht sie deutlich, was sich die Spartaner unter heldenhaftem Verhalten vorstellten. Die Geschichte der Schlacht am Thermopylenpass ist dagegen mit hoher Wahrscheinlichkeit wahr. Auch sie zeigt, dass die Spartaner lieber starben als aufzugeben.

Unter der Führung von König Leonidas versuchte ein Heer von nur 300 Spartanern den schmalen Pass der Thermopylen gegen die übermächtigen Perser zu verteidigen. Das persische Heer war mehrere tausend Mann stark, und ihr Anführer Xerxes sandte Kundschafter aus, die herausfinden sollten, wie viele Soldaten die Spartaner hatten. Xerxes hätte nie geglaubt, dass die Spartaner so dumm sein könnten, sich auf einen derart ungleichen Kampf einzulassen. Aber da kannte er die Spartaner schlecht.

Die Spartaner waren nicht nur furchtlos, sie waren einfach total cool. Vor der Schlacht ölten sie sich ihre Körper ein und kämmten sich schön ordentlich die Haare … einfach irre!

Die Kunst, ein guter Spartaner zu sein, Teil 5: Mit einem lockeren Spruch geht alles besser!

Man warnte die Spartaner, dass die Perser so viele Bogenschützen hätten, dass ihre Pfeile die Sonne verdunkeln würden. Die Antwort des spartanischen Feldherrn Dionysios: „Umso besser, dann haben wir ein bisschen Schatten beim Kämpfen.“

Die Kunst, ein guter Spartaner zu sein, Teil 6: Denke an Eiswürfel, und behalte einen kühlen Kopf!
Ein Woche lang hielten die Spartaner durch. Dann führte ein Verräter die Perser über einen geheimen Pfad um das spartanische Lager herum, sodass sie von hinten angreifen konnten. Alle 300 Spartaner wurden massakriert. Während ihres Todeskampfes verloren einige von ihnen ihre Schwerter und kämpften mit Fäusten und Zähnen weiter …

Könntet ihr bei Gefahr genauso cool bleiben?

Wusstet ihr schon …

Eine historische Horrormethode zum Testen spartanischer Tapferkeit war das Auspeitschen am Altar des Gottes Artemis. Wer die meisten Peitschenhiebe ertrug, war am tapfersten. Halb verblutet (manchmal leider auch ganz verblutet) – aber tapfer … Tja, so waren sie, die Spartaner!

Das Gespenst von Sparta

Pausanias war ein großer spartanischer Feldherr, der Sparta 479 v. Chr. zum Sieg über die Perser verhalf. Doch die Spartaner fanden, dass ihm der Erfolg ein bisschen zu Kopf stieg. Sie zitierten ihn zurück nach Hause, um eine Erklärung für sein Verhalten zu hören – oder um ihn zu bestrafen.

Pausanias war nicht sehr erfreut. Er schrieb an den persischen König Xerxes und bot ihm an, Sparta zu verraten. Ein Bote sollte den Brief an Xerxes überbringen. Aber dem Boten war aufgefallen, dass frühere Boten niemals zurückgekehrt waren. Also öffnete er den Brief und las ihn. Und siehe da, am Ende des Briefes fand sich eine interessante Bemerkung …

Natürlich überbrachte der Bote den Brief nicht König Xerxes, sondern zeigte ihn den Spartanern, und sie schickten einen Trupp Soldaten, die Pausanias umbringen sollten. Der Feldherr floh in den Tempel von Athen und verschanzte sich dort. „Hier dürft ihr nicht Hand an mich legen, ich befinde mich auf heiligem Grund und Boden", rief er.

„Das ist wahr", antwortete das Mordkommando. „Wir werden nicht Hand an dich legen!" Und sie hielten ihr Versprechen: Sie mauerten Pausanias einfach ein, damit er verhungerte.

Eigentlich hätte dies das endgültige Ende des Feldherrn sein sollen. Dummerweise begann jedoch der Geist des Toten im Tempel zu spuken und gab dabei derart grauenhafte Geräusche von sich, dass der Priesterin die Kunden ausblieben. Schließlich sandte sie nach einem Zauberer, der sich auf Gespensterjagd spezialisiert hatte und dem es tatsächlich gelang, Pausanias für immer aus dem Tempel zu vertreiben …

Die tödlichen Athener

Drakon der Drakonische

Die Bewohner der Stadt Athen waren ganz anders als die Spartaner. Einer ihrer ersten Gesetzgeber war ein Mann namens Drakon. Die Athener fanden die Spartaner zwar ziemlich brutal, aber Drakons Gesetze waren eigentlich fast genauso schlimm. Noch heute nennt man ganz besonders grausame Strafen „drakonisch“. Drakon schrieb das erste Gesetzbuch Athens, und es gab kaum ein Vergehen, das nicht mit dem Tode bestraft wurde. Nach seinen Gesetzen …

- durfte jemand einen anderen Menschen zu seinem persönlichen Sklaven machen, wenn dieser ihm Geld schuldete
- stand auf den Diebstahl von Obst oder Gemüse die Todesstrafe
- wurden Leute hingerichtet, wenn sie faul waren.

Dazu Drakon:

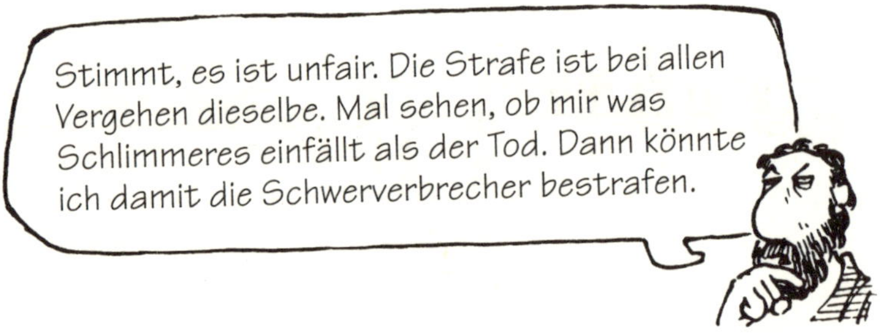

700 Jahre später sagte ein griechischer Historiker namens Plutarch über Drakon:

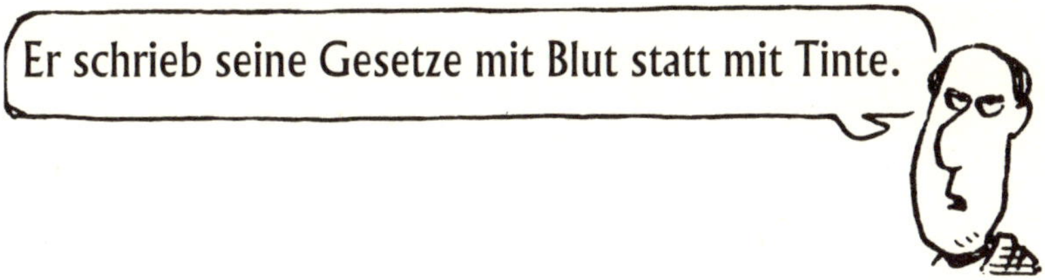

Aber es gab auch andere, die der Meinung waren, dass Drakons Gesetze immerhin besser waren als gar keine Gesetze (Zweifellos gehörten sie nicht zu den Leuten, die wegen der einen oder anderen Kleinigkeit hingerichtet wurden.)

Peisistratos der Witzbold

Ein anderer Herrscher Athens, Peisistratos, war nicht ganz so drakonisch, obwohl er auf jeden Fall ein „Tyrann" war, also jemand, der die Macht mit Gewalt an sich gerissen hatte. Doch er regierte zum Glück nur so lange, wie die Athener mit seinem Führungsstil einverstanden waren.

Unter Peisistratos mussten die Leute hohe Steuern zahlen – zehn Prozent ihrer gesamten Einkünfte. Aber wenigstens hatte Peisistratos Sinn für Humor.

Eines Tages besuchte er einen einfachen Bauern. Der Bauer erkannte den Herrscher nicht.

Peisistratos lachte – und ordnete an, dass der alte Bauer niemals wieder Steuern zahlen sollte.

Peisistratos der Trickreiche

Peisistratos wurde immer unbeliebter, und das Volk von Athen begann, sich gegen ihn zu stellen. Eines Tages kam er, übel zugerichtet und blutend, in seinem Wagen auf den Marktplatz gefahren. Er und seine Maultiere hatten Schnittwunden. „Man hat versucht, mich umzubringen!", schrie er. „Ich konnte gerade noch entkommen!"

Die Athener bekamen Angst, ihren Herrscher zu

verlieren – er war zwar nicht besonders beliebt, aber einen anderen hatten sie nun mal nicht. Sie trommelten die stärksten und brutalsten Männer zusammen und stellten eine Leibwächtertruppe für Peisistratos auf. Mit ihrer Hilfe hatte er nach kurzer Zeit die ganze Stadt unter Kontrolle.

Das Attentat hatte Peisistratos zur Macht verholfen – ganz so, wie er es beabsichtigt hatte. Die Geschichte von dem Mordanschlag war nämlich frei erfunden! Der trickreiche Herrscher hatte sich die Wunden einfach selber zugefügt!

Wer tötete den Ochsen?

Die Athener waren zwar nicht so erbarmungslos wie die Spartaner, aber ihre kleinen merkwürdigen Angewohnheiten hatten sie ebenfalls. Dazu gehörte z. B. das Opfern eines Ochsen im heiligen Tempel. Das Schlachten des Ochsen an sich war nichts Besonderes – seltsam aber war, was die Athener nach einer solchen Opferung taten: Sie hielten eine Gerichtsverhandlung ab, um den Mörder des Ochsen zu ermitteln!

Ich klage die an, die das Wasser trugen, das die Axt härtete!
Wir klagen den an, der Axt und Messer schliff!
Ich klage die an, die Axt und Messer nahmen.
Ich klage den an, der den Ochsen erschlug!
Und ich klage den an, der den Ochsen erstach!
Schuld ist das Messer!
Hast du eine Erklärung für deine Tat, Messer?
In diesem Fall spreche ich das Messer schuldig, den Ochsen ermordet zu haben. Es verdient den Tod durch Ertrinken. Werft es ins Meer!
Immer muss ich alles ausbaden!

Scheußlicher Schierling

Die Athener verurteilten nicht nur auf seltsame Weise Messer zum Tode. Sie töteten sich auch gegenseitig mit ganz besonderen Methoden.

Nachdem die Athener den Krieg gegen Sparta verloren hatten, suchten sie nach einem Schuldigen. Sie beschuldigten den alten Lehrer Sokrates, einen etwas seltsamen alten Kauz, der meist mit jungen Leuten herumhing und sie lehrte, nicht mehr an die alten Götter zu glauben. So etwas wurde im alten Athen mit dem Tode bestraft. Doch die Athener brachten Sokrates nicht einfach um. Sie zwangen ihn, sich mit einem Trank aus Schierling selbst zu vergiften. Phaidon, einer der Schüler des alten Sokrates, hat die grausame Szene beschrieben …

Der Mann, der ihm das Gift reichen sollte, brachte einen Becher mit dem fertigen Trank herein. Sokrates sprach zu ihm: „Guter Mann, du verstehst etwas von diesen Dingen. Sag mir, was ich tun soll."
„Trinkt ihn aus, und geht umher, bis Euch die Beine schwer werden. Dann legt Euch hin. Es wirkt sehr rasch."
Der Mann reichte Sokrates den Becher, und er nahm ihn mutig entgegen, ohne Zittern oder Blässe. Er sah den Mann bloß an und fragte: „Darf ich einen Trinkspruch ausbringen?"
„Ihr dürft", erwiderte der Mann.
„Ich trinke also auf die Götter und bete, dass wir nach dem Tode ebenso vergnügt sein werden wie zu Lebzeiten."
Er trank den Becher mit einem Zug aus. Bis da-

hin hatten die meisten von uns die Tränen zurückhalten können. Aber als wir sahen, wie er trank, flossen sie in Strömen. Ich bedeckte mein Gesicht und weinte – nicht um seinetwillen, sondern um meinetwillen. Ich hatte einen guten Freund verloren.
Sokrates sah uns an und sagte streng: „Ich habe gehört, dass man einen Menschen in Frieden sterben lassen soll. Also reißt euch zusammen, und seid still!“ Unser Schluchzen erstarb.
Der Meister legte sich hin, und der Giftmischer kniff ihn in den Fuß. Sokrates sagte, dass er dort unten nichts mehr fühle. Wenn das Gift sein Herz erreiche, wäre es mit ihm vorbei.
Als das Taubheitsgefühl sich bis zum Oberkörper ausgebreitet hatte, rief Sokrates den jungen Crito. „Crito, wir schulden Asklepios eine Opfergabe. Denk daran. Vergiss es nicht.“
(Asklepios war der Gott der Heilkunst.)
„Bestimmt nicht“, erwiderte Crito. „Kann ich sonst noch etwas tun?“
Doch Sokrates antwortete nicht.
Dies war das Ende unseres Freundes, des besten, weisesten und ehrlichsten Menschen, dem ich je begegnet bin.

Was für ein Held! Wahrscheinlich der einzige Lehrer der ganzen Weltgeschichte, der so standhaft starb. Wäre euer Lehrer wohl genauso tapfer? (Ihr werdet es wohl nie erfahren, denn Schierling steht nicht einfach so bei Aldi im Regal …)

Denkwürdige Demokratie

In den meisten Ländern herrscht heutzutage Demokratie. Das bedeutet, dass die Staatsgewalt vom Volk ausgeht und jeder Erwachsene mit seiner Stimme die Vertreter in ein Parlament wählt oder sich selbst wählen lassen kann. Die Athener hatten die erste Demokratie überhaupt. Aber weil sie sich noch nicht so richtig damit auskannten, gab es ein paar kleine Anfangsschwierigkeiten …

Die mächtigen Perser

König Dareios von Persien hatte ein großes Heer und fand, dass es an der Zeit war, Griechenland zu besetzen. Er machte sich nicht mal die Mühe, selbst zur Schlacht zu erscheinen, weil er die Griechen für eine leichte Fingerübung hielt. Eigentlich hätten sie für die Perser auch wirklich nur eine leichte Fingerübung sein müssen, denn …

- nur die Armee der Athener tauchte zum Kampf auf – die Spartaner waren gerade mit religiösen Feierlichkeiten beschäftigt und verpassten die Schlacht
- die Athener waren ein wenig erschrocken über die Aufmachung der persischen Soldaten.

Die Perser trugen nämlich Hosen, während man in Griechenland lange Hemden trug.

Trotzdem gelang es den Athenern schließlich, die große Schlacht bei Marathon gegen die Perser zu gewinnen. Zehn Jahre lang ließen die Perser sie danach in Ruhe.

Dann kam der persische König Xerxes mit einer wirklich gigantischen Armee. Die Soldaten mussten den Hellespont überqueren, einen 1200 Meter breiten Meeresarm. Daher ließ König Xerxes eine Brücke bauen. Als ein Sturm sie zerstörte, verlor der König die Beherrschung – er herrschte zwar immer noch über Persien, war jedoch ziemlich unbeherrscht.

Und was glaubt ihr, tat dieser verrückte König?

1 Er befahl, den Brückenbauer mit 300 Peitschenhieben zu bestrafen.

2 Er befahl, den Meeresarm mit 300 Peitschenhieben zu bestrafen.

oder 3 Er befahl seiner Armee hinüberzuschwimmen.

Lösung:

2 Xerxes ordnete an, das Meer solle Peitschenhiebe erhalten. Als zusätzliche Strafe ließ er Eisenfesseln ins Wasser werfen. Es wird sogar berichtet, dass er Folterknechte losschickte, die die Meeresoberfläche mit glühenden Eisen versengen sollten!

Persische Pappköpfe

Die Griechen hätten nicht solche Angst vor den Persern zu haben brauchen, wenn sie gewusst hätten, was der Geschichtsschreiber Herodot wusste. Er erzählt eine erstaunliche Geschichte über eine frühere persische Schlacht in Ägypten – bei Pelesum, wo die Perser im Jahre 525 v. Chr. gekämpft hatten …

Die hölzerne Wand

Nachdem die Spartaner erledigt waren, machte Xerxes sich mit seiner Armee auf den Weg nach Athen. Die Athener flüchteten sich auf die Insel Salamis, die direkt vor der Küste von Athen liegt. Sie mussten mit ansehen, wie Xerxes ihre Stadt bis auf die Grundmauern abbrennen ließ.

Doch der Anführer der Athener, Themistokles, ließ das nicht auf sich sitzen. Er ging zum Tempel von Delphi und bat das „Orakel", eine Art göttlichen Ratgeber, um Hilfe. Es empfahl ihm, „sein ganzes Vertrauen auf die hölzerne Wand zu setzen." Was meint ihr, tat Themistokles also?

1 Er baute eine Flotte (aus hölzernen Schiffen).

2 Er errichtete einen hölzernen Zaun um die Insel Salamis, um die Perser auszusperren.

3 Er errichtete einen hölzernen Zaun um Athen und sperrte die Perser ein.

Lösung:

1 Themistokles verstand den Rat des Orakels so, dass er seiner Flotte vertrauen solle – was sich als richtig erwies. Die 800 Schiffe der Perser wurden im flachen Wasser zwischen Athen und Salamis von nur 310 griechischen Schiffen besiegt. Die Athener hatten allerdings Rammböcke aus Bronze am Bug, die die persischen Schiffe durchschlugen und so zum Sinken brachten.

Das Geisterschiff von Salamis

Herodot berichtete auch von einem merkwürdigen Ereignis bei der Seeschlacht von Salamis:

> Die Athener erzählen diese Geschichte über einen Kapitän aus Korinth namens Adeimantos. Als die Schlacht begann, war er erfüllt von Angst und Schrecken; er setzte die Segel und ergriff mit seinem Schiff die Flucht. Die anderen Korinther bemerkten es und drehten ebenfalls bei, um ihm zu folgen. Als sie jedoch den Tempel der Athene bei Sciras erreichten, erschien an ihrer Seite plötzlich ein Schiff. Es musste von den Göttern gesandt worden sein, denn es war niemand an Bord. Aus seinem Inneren rief eine merkwürdige Stimme: „Wie konntest du deine griechischen Freunde im Stich lassen, Adeimantos? Sie gewinnen gerade die Schlacht. Kehre um, und hilf ihnen!“ Der Korinther glaubte der Stimme nicht. „Du bekommst dieses Schiff und kannst es zerstören, falls ich die Unwahrheit spreche“, erwiderte die Stimme. „Kehre um, kehre um!“ Also segelten Adeimantos und die Korinther zurück und halfen den Griechen, die Schlacht zu gewinnen. Niemand aber konnte jemals erklären, woher dieses seltsame Schiff gekommen war …

Es wird auch erzählt, dass die Korinther nur so taten, als ob sie flohen. Sie wollten die Perser in eine Falle locken. Nach einer Weile kehrten sie um und griffen an, als die persische Flotte nicht mehr mit ihnen rechnete. In dieser Geschichte kommt natürlich kein von den Göttern gesandtes Schiff vor.

Wie wird es wohl gewesen sein? Fest steht, dass viele Seeleute bei dieser Schlacht ihr Leben ließen. Auf zwei alten Grabinschriften steht zu lesen:

> Sein Schiff riss ihn mit hinab, und nur die Möwe weiß, wo seine Knochen bleichen.

Und ...

> Seemann, frag nicht, wer hier liegt. Mögest du mehr Glück haben und eine ruhige See.

Die Peloponnesischen Kriege

Nach der verlorenen Seeschlacht vor Salamis kehrte König Xerxes wieder nach Persien zurück. Sein Stiefsohn Mardonius wollte noch eine Weile in Griechenland bleiben, um noch gegen ein paar Griechen zu kämpfen, also ließ Xerxes ihn allein. Doch Mardonius wurde getötet und seine Armee besiegt.

Die Athener waren natürlich recht zufrieden mit sich. Und sie fanden, dass alle griechischen Völker sich zusammenschließen sollten. Gemeinsam konnte man die Perser noch leichter in die Flucht schlagen, falls sie je wagen sollten zurückzukommen. Das Problem war nur, dass Athen der Anführer dieses griechischen Bundes sein wollte.

Aber da spielten die Spartaner nicht mit. Es kam zum Streit, und es dauerte nicht lange, bis Sparta und Athen um die Vorherrschaft in Griechenland kämpften. So begann der Peloponnesische Krieg.

Göttliche Nasen

Alkibiades war ein bedeutender Feldherr in Athen – aber er war auch ein furchtbarer Angeber. Er trug die ausgeflipptesten Klamotten und tat wirklich alles, um die Aufmerksamkeit auf sich zu lenken. Einmal schnitt er seinem Lieblingshund den Schwanz ab, bloß damit die Leute hinter ihm herstarrten.

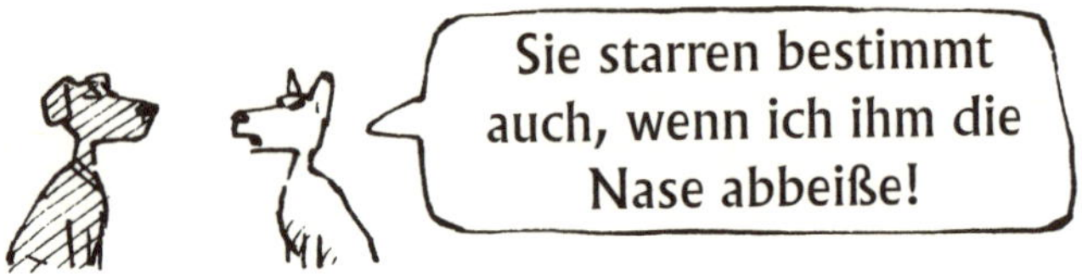

Halb Athen (besonders die Frauen) war verliebt in Alkibiades, aber die mächtigen Männer der Stadt hassten ihn und wollten seinen Tod. Sie schickten ihn nach Sparta in den Krieg, um in Ruhe eine Verschwörung gegen ihn auszuhecken.

Zwischen 415 und 413 v. Chr. führte Alkibiades die Armee in eine Schlacht gegen spartanische Verbündeten bei Syrakus (auf Sizilien). Aber man rief ihn nach Athen zurück, um ihn wegen Gotteslästerung vor Gericht zu stellen. Er wurde verdächtigt, einigen männlichen Götterstatuen ihre Nasen abgeschlagen zu haben – außerdem auch die kleinen Pimmel (griechische Götter waren nämlich grundsätzlich splitternackt).

Alkibiades war nicht dumm – er wusste, dass ihn die Todesstrafe erwartete. Also kehrte er nicht nach Athen zurück, sondern lief zum Feind über – zu den Spartanern. Er lieferte ihnen alle geheimen Informationen über die Armee der Athener. Und die Spartaner kamen, um ihren Bündnispartnern in Syrakus im Kampf beizustehen.

Natürlich nahm es mit Alkibiades ein schlimmes Ende – so wie mit dem Schwanz seines Hundes. Die Spartaner ermordeten ihn, bevor er es sich wieder anders überlegen und zu den Athenern wechseln konnte.

Ein Mordkommando erschien vor seinem Haus, aber niemand hatte den Mumm, von Angesicht zu Angesicht gegen ihn zu kämpfen. Dabei waren sie in der Überzahl! Also steckten sie sein Haus in Brand. Als Alkibiades mit dem Schwert in der Hand herauskam, durchsiebten sie ihn aus sicherer Entfernung mit ihren Pfeilen.

Wunderwaffen

Während der Peloponnesischen Kriege kämpften Griechen gegen Griechen. Wenn jeder weiß, wie die Gegenseite arbeitet, kann man sie leicht besiegen – und umgekehrt genauso. So geht jede Schlacht unentschieden aus. Da helfen nur Geheimwaffen, die den Feind völlig überraschen und zu Tode erschrecken.

Also machten sich die verrückten Griechen aus Boiotien (in Mittelgriechenland) daran, eine Geheimwaffe zu erfinden:

Bastelanleitung

Der Boio-Feuerbomber

1 Einen geraden Baum fällen, die Zweige entfernen und den Stamm in der Mitte spalten.

2 Die beiden Hälften aushöhlen und dann wieder zusammenfügen, sodass eine lange, flötenähnliche Röhre entsteht.

3 An der einen Seite wird ein Metallbehälter mit glühenden Kohlen, Teer und Schwefel aufgehängt, an der anderen ein Blasebalg.

4 Die Maschine vor einer feindlichen Mauer aufstellen, die größtenteils aus Holz besteht, zielen und den Blasebalg bedienen.

5 Eine riesige Flamme zischt aus dem Metallbehälter, steckt die Mauer in Brand und schlägt den Feind in die Flucht!

Es funktionierte tatsächlich! Mit ihrer Geheimwaffe gelang es den Boiotiern, die Stadt Delium einzunehmen. Sie hatten den ersten Flammenwerfer der Welt erfunden!

Alexander der Größte

Kaum war die Bedrohung durch die Perser abgeflaut, gab es schon wieder eine neue – diesmal ging sie von einem kleinen Königreich im Norden Griechenlands aus: Makedonien. Manche Geschichtsforscher sind allerdings der Meinung, dass die Makedonier überhaupt keine Griechen waren.

Philipp, der König von Makedonien, griff die Athener an, besiegte sie und verlangte von ihnen, einen alten Feind anzugreifen … nämlich die Perser!

Doch dann geschah etwas, womit Philipp nicht gerechnet hatte: Er starb. Für seinen Plan allerdings spielte das keine so große Rolle. (Für ihn jedoch schon.) Philipps Sohn, Alexander der Große, war nämlich noch viel schlimmer und verrückter als er – und er hielt sich für den Größten …

Alexander – Geschichte deines Lebens!

Mit 20 kam deine große Chance: Dein Vater, König Philip starb. Herzlich willkommen bei uns im Studio: Philipps Geist!
Starb? Mein eigener Leibwächter hat mich ermordet! Und ich weiß genau, wer dahinter steckte, Alex! Das warst d…
War ich nicht!
Du hast die Welt erobert! Erst dein Sieg über die Perser, dann Ägypten und dann der Feldzug nach Asien!
Aber gegen deine eigenen Soldaten hast du verloren, was, Alex?
So war es! Als ihr nach Indien kamt, wollten deine Soldaten nicht mehr weiter! Und was tat der große Alexander?
Er verschwand drei Tage in seinem Zelt und schmollte!
Da hast jeden hinrichten lassen, der anderer Meinung war. Sogar deinen Freund Parmenion!
Alex, alter Kumpel! Erinnerst du dich noch an mich?
Du hast noch einen anderen Freund getötet!
Könige bringen Opfer!

Der knifflige Knoten

Alexander zog in die Stadt Gordion ein und hörte, dass der Streitwagen von König Gordios an seinen Deichseln mit einem Knoten festgebunden war, den niemand lösen konnte. Derjenige, der ihn aufbekäme, würde einer Überlieferung nach eines Tages Herrscher über ganz Asien sein …

Wie, glaubt ihr, schaffte Alexander es, den Knoten aufzubekommen?

Lösung:

Er zog sein Schwert und hieb den Knoten mittendurch.

Denken wie ein Grieche

Die Griechen waren ziemlich abergläubisch. Sie glaubten an Horoskope und an Geister und waren fest davon überzeugt, dass ihr Schicksal von den Göttern gelenkt wurde. Durch ein „Orakel" sprachen die Götter zu den Menschen, und man konnte von ihnen etwas über die Zukunft erfahren … vorausgesetzt, man konnte das Orakel richtig deuten.

Weise Orakel

Die Wahrsagerei war bei den Griechen sehr beliebt. Aber damals gab es keine magischen Kristallkugeln, und man las auch nicht aus der Hand. Stattdessen befragte man halt das „Orakel". Man ging an einen heiligen Ort, brachte ein Opfer dar und bat einen der zahlreichen Götter, etwas über die Zukunft zu verraten.

Natürlich sprach ein Gott nicht direkt zu den Menschen. Es gab verschiedene Möglichkeiten, an die göttlichen Botschaften zu kommen. In Delphi zum Beispiel sprach der Gott Apollon durch eine Priesterin. Sie versetzte sich in Trance (so wie das „Medium" bei einer spiritistischen Sitzung) und begann, in merkwürdigen, schwer verständlichen Sätzen zu sprechen.

Diese rätselhaften Botschaften wurden dann von den Orakel-Priestern gedeutet, damit ihre Kunden wussten, was los war.

Das Orakel von Delphi konnte tatsächlich gute Ratschläge geben, denn die vielen Ratsuchenden erzählten ihm eine ganze Menge. Daher wussten die Priester oft besser als so mancher andere, was in den griechischen Staaten vor sich ging.

Kroisos der Clevere

Es gab mehrere Orakel in Griechenland. Der schlaue König Kroisos von Lydien beschloss zu testen, welches von ihnen die genauesten Antworten gab.

Er schickte sieben Boten zu sieben Orakeln. Sie alle sollten gleichzeitig dieselbe Frage stellen, nämlich: Was tut König Kroisos genau in diesem Moment?

Die Boten brachten dem König die Antworten. Die des Orakels von Delphi klang merkwürdig – sie lautete:

Aus der Ferne dringt zu mir
Geruch von kochendem Getier
Kröte mit Schild und Lamm ohne Kopf,
zugedeckt im Messingtopf.

Kroisos war beeindruckt. Er hatte sich für diesen Tag absichtlich eine etwas ungewöhnliche Tätigkeit ausgesucht und kochte in einem Messingtopf mit Deckel ein Gericht aus Lammfleisch und einer Schildkröte.

Kroisos entschied, dass man dem Orakel von Delphi wohl am besten vertrauen könne. Ganz schön clever, dieser Kroisos. Aber ...

Kroisos der Betrogene

Die Orakel-Priester schummelten oft ein bisschen. Sie gaben Antworten, die nicht eindeutig waren. Vor seinem Persien-Feldzug befragte König Kroisos das Orakel:

„Was wird geschehen, wenn ich Persien angreife?"

Und das Orakel antwortete:

„Durch diese Schlacht wird ein großes Weltreich untergehen!"

Kroisos zog freudig in die Schlacht – und verlor! Lydien wurde zerstört. Und Kroisos hatte natürlich angenommen, dass das Orakel vom Untergang Persiens gesprochen hatte.

Geschichten über Orakel waren in Griechenland sehr beliebt. Viele handelten von einer uralten Frage der Menschheit ...

Wie entgeht man seinem Schicksal?

Die Familie der Bacchiaden regierte in Korinth. Sie waren reich und mächtig ... und sie hatten Sorgen. Der große Bacchant war gerade mit einer schrecklichen Botschaft vom Orakel zurückgekehrt.

„Das Orakel hat gesagt, dass Labda einen Felsen zur Welt bringen wird, und dieser Felsen wird die Mächtigen überrollen und in ganz Korinth Ordnung schaffen."

„In Korinth Ordnung schaffen?", schnaufte Frau Bacchant. „In Korinth ist alles in Ordnung ... jedenfalls, solange wir an der Macht sind."

„Darum geht es doch nicht", bemerkte der kleine Bacchant.

„Wenn die Götter sagen, mit uns ist Schluss, Aus, Ende, dann ist mit uns Schluss, Aus, Ende!"

„Pah! Typisch Mann, immer gleich den Kopf einzuziehen … Hört zu, wenn das Orakel sagt, sie bringt ein Kind zur Welt, das uns absetzen wird, dann bringen wir das Kind eben um!"

Der große Bacchant legte die Stirn in Falten. „Das wäre aber Mord", sagte er. „Damit kommen wir nicht durch!"

Frau Bacchant grinste böse. „Es sei denn, das Baby hätte einen kleinen Unfall", erwiderte sie.

„Das ist aber sehr unwahrscheinlich", seufzte der kleine Bacchant.

„Nicht, wenn wir ein wenig nachhelfen", erklärte Frau Bacchant. „Sobald das Baby da ist, schauen wir mal vorbei, um uns das Kleine anzusehen!"

„Wie nett", sagte der große Bacchant.

„Überhaupt nicht nett", erwiderte Frau Bacchant und schüttelte langsam den Kopf. „Wer von uns das Baby in den Arm gelegt bekommt, der lässt es fallen!"

„Fallen!", kreischte der kleine Bacchant.

„Mit dem Kopf auf den Steinfußboden", sagte Frau Bacchant grimmig. „Problem gelöst!"

So einfach war es natürlich nicht – mit Orakelsprüchen hat man immer großen Ärger. Das Baby kam zur Welt, und die

Bacchants statteten Labda einen Besuch ab. Zehn Minuten später verließ Frau Bacchant das Haus, blass vor Wut und mit hektischen Flecken auf ihren Pausbacken.

„Das darf doch nicht wahr sein! Du hättest das Baby doch nur fallen lassen müssen! Fallen lassen! Das hatten wir vereinbart! Warum hast du's nicht getan?"

Der große Bacchant lächelte ein wenig verlegen. „Es hat mich angelacht. Wie soll ich den Kleinen denn fallen lassen, wenn er mich anlacht? Es ging mir so zu Herzen!"

„Zu Herzen? Du brauchst kein Herz – du brauchst ein Hirn!", zischte Frau Bacchant wütend und drehte sich nach dem kleinen Bacchant um. „Du gehst heute Nacht mit einer Keule zurück, schleichst dich rein und erschlägst das Kind! Kapiert?"

Der kleine Bacchant nickte. „Ich werde dich nicht enttäuschen", versprach er.

Aber Labda hatte Frau Bacchants wütendes Gesicht gesehen, als der Mann ihr das Baby wiedergegeben hatte. Sie spürte, dass die Frau das Kind umbringen wollte. Also versteckte sie den Knaben in dieser Nacht in einer Holztruhe, wo er ruhig und sicher schlief und am nächsten Morgen mit einem Lachen wieder erwachte.

Labda nannte das Kind Kypselos – was Truhe bedeutete. Kypselos wuchs heran und wurde zu einem der beliebtesten Anführer. Die Familie Bacchant hasste man in Korinth hingegen immer mehr. Schließlich krönten die Korinther den jungen Mann zum König – er wurde ein mächtiger, aber auch gutmütiger Herrscher. Nur bei den Bacchiaden, da kannte er keine Gnade.

Kypselos war der Felsen, der die Mächtigen in Korinth überrollen sollte … Und er überrollte sie gründlich und vernichtete sie. So, wie das Orakel es geweissagt hatte.

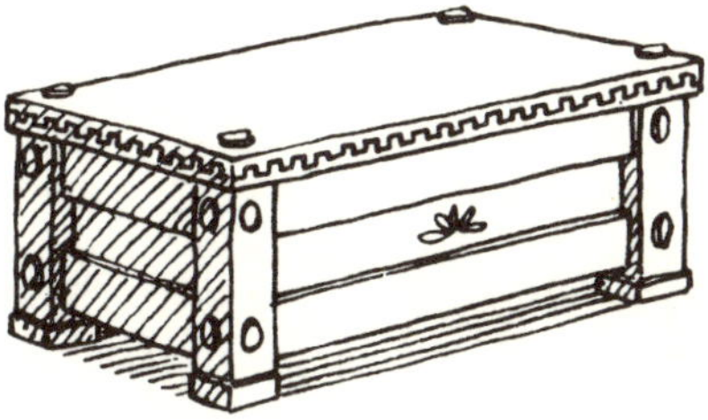

Wusstet ihr schon …?

Die Seherin des berühmten Orakels von Delphi hieß Pythia. Um in die Zukunft zu sehen, verbrannte sie eine bestimmte Sorte Blätter und atmete den Rauch ein. Die brennenden Blätter sonderten eine Art Droge ab, durch die sich Pythia in Trance versetzte.

Und beim Orakel von Korinth? Hier konnten die Ratsuchenden angeblich direkt mit den Göttern sprechen! Man sprach mit dem Altar … und eine göttlich dröhnende Stimme ertönte aus dem Boden direkt unter den Füßen des Kunden.

Ein Wunder? Die Besucher des Orakels glaubten es jedenfalls. Aber die Archäologen von heute wissen es besser: Es gab einen Geheimgang, der direkt unter den Altar führte. In diesen Gang konnte ein Priester hineinkriechen, bis er direkt unter den Füßen des Besuchers lag. Er hörte sich die Frage an und sprach durch einen Trichter in ein Rohr.

Antiker Aberglaube

Einige Griechen waren die größten Denker der damaligen Zeit. Trotzdem gab es im antiken Griechenland auch eine ganze Menge an merkwürdigem Aberglauben.

Heutzutage gehen viele Leute nicht gern unter einer Leiter durch, weil sie meinen, es könnte Unglück bringen. Auf Holz zu klopfen bedeutet dagegen Glück. Die verrückten Griechen hatten andere Ideen. Zum Beispiel: …

1 Vögel waren Boten zwischen Himmel und Erde, und der Mond eine Raststätte für Seelen, die sich auf der Reise zum Himmel befanden.

2 Die Griechen glaubten an Hekate, eine Spuk- und Zaubergöttin, die für die Hexenkunst zuständig war und außerdem als

Beschützerin der Wege galt. In sternklaren Nächten erschien sie mit Geistern und heulenden Phantomhunden an Weggabelungen. Als Geschenk an die Göttin legten die Griechen Speisen an den Straßenrand. (Hekate war außerdem zuständig für die Heilung von Geisteskrankheiten. Die Griechen glaubten, dass Wahnsinn durch die Geister der Toten verursacht wurde.)

3 Manche Griechen versuchten, in den Eingeweiden toter Vögel zu „lesen" – sie glaubten, mit dieser Methode etwas über die Zukunft zu erfahren.

4 Viele glaubten damals auch daran, dass sie von Geistern umgeben waren, so genannten „Dämonen". Manche waren gut und beschützten einen. Andere dagegen waren gefährlich und konnten den Menschen dazu verführen, Böses zu tun. Auch Gelehrte wie Sokrates glaubten an Dämonen. Sein eigener Dämon warnte ihn, wenn Gefahr im Verzug war … und er erwies sich stets als zuverlässig.

5 Die Griechen legten ihre Toten in Tongefäße, die sie Pithos nannten. Manchmal aber, so glaubten sie, entwichen die Seelen aus dem Pithos, suchten die Lebenden heim und quälten sie mit Krankheiten. Diese bösen Geister nannte man Keren. Die beste Methode, sich die Keren vom Leib zu halten, war das Abdichten der Türrahmen mit Teer. Dann konnten die Geister nicht ins Haus, weil sie am Teer kleben blieben.

6 Die Griechen glaubten, dass sie bald sterben mussten, wenn sie im Traum ihr eigenes Spiegelbild sahen. Aber das war auch kein Beinbruch, denn man wurde ja sowieso wieder geboren. Nach damaliger Auffassung bestand der Mensch aus drei Teilen …

- Körper
- Seele
- Geist

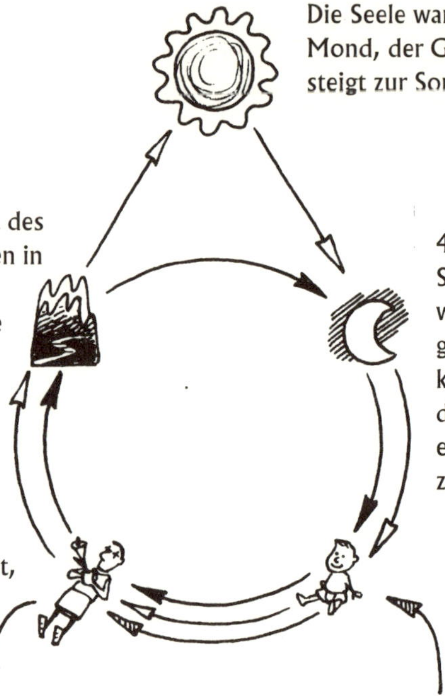

7 Man war auch der Meinung, die rechte Körperhälfte sei besser als die linke. (Manche Leute glauben das bis heute und versuchen zum Beispiel, Linkshänder dazu zu zwingen, mit der rechten Hand zu schreiben.)

Pythagoras

Der berühmte Mathematiker und Philosoph Pythagoras entwickelte seine Religion. Die Anhänger seiner Lehre (die „Pythagoräer") glaubten, dass die Seele nach dem Tode weiterlebt und in einen anderen Körper fährt. Eines Tages sah Pythagoras, wie ein Mann seinen Hund schlug. Der Hund jaulte, und Pythagoras rief:

Nach Pythagoras war es also ein gefährlicher Beruf, Metzger oder Jäger zu werden – wenn man ein Rind schlachtete oder einen Hirsch schoss, war es nicht ausgeschlossen, dass man die eigene verstorbene Großmutter umbrachte!

Die Pythagoräer glaubten, dass man als wichtige Persönlichkeit wieder geboren wurde, wenn man sich anständig benahm. Wer keine Manieren hatte, konnte Pech haben und als Schwein oder Hund wieder geboren werden – sogar als Baum! Und wer richtig boshaft und durchtrieben war, der kehrte als das bedauernswerteste aller Geschöpfe zurück … als Frau!

Die Anhänger des Pythagoras lebten zurückgezogen – und hatten einige merkwürdige Regeln und Vorschriften. Fragt doch mal euren Geschichtslehrer, welche es waren …

Wahr oder falsch?

1 Iss keine Bohnen.

2 Lauf nicht die Hauptstraße entlang.

3 Berühr das Feuer nicht mit einem eisernen Schürhaken.

4 Berühr keine weißen Hühner.

5 Verspeis keine Tierherzen.

6 Tritt nicht auf deine abgeschnittenen Fingernägel.
7 Hinterlasse nicht den Abdruck deines Körpers auf dem Bett, wenn du aufstehst.
8 Schau nicht in einen Spiegel, der neben einer Lampe steht.
9 Hilf beim Beladen eines Wagens – aber nie beim Ausladen.
10 Bohre nicht mit den Fingern deiner linken Hand in der Nase.

Lösung:

10 ist falsch, alle anderen sind wahr. Manche Griechen glaubten, dass in Bohnen die Seelen der Toten enthalten seien: deswegen rührten sie keine Bohnen an.

Griechische Gespenster

Die Griechen waren es, die die ersten Gespenstergeschichten erfanden. Aber ein Römer namens Plinius hat die folgende Geschichte als Erster aufgeschrieben.

Lieber Lucias,

gerade habe ich eine merkwürdige Geschichte gehört, die dich vielleicht interessiert:

In Athen stand früher ein großes schönes Haus, in dem es angeblich grauenvoll spukte. Die Leute berichteten von lautem Kettengerassel mitten in der Nacht, bis schließlich der Geist eines Mannes erschien, scheußlich anzusehen: Mit langem, verfilztem Bart und wirren weißen Haaren – ein Bild des Jammers! An seinen dünnen Beinen zog er stöhnend ein Gewicht an einer Kette hinter sich her, und seine Handgelenke waren in schwere Eisen eingeschlossen. Immer wieder hob er hilflos und wütend die Arme und rasselte mit seinen Ketten.

Einige mutige Männer, die eine Nacht in dem Haus verbrachten, verloren beim Anblick des Gespenstes vor Angst fast den Verstand; sie alle wurden bald von Krankheit und Tod heimgesucht. Die Leute begannen, das Haus zu meiden. Es fand keinen Käufer und verfiel immer mehr.

Schließlich mietete es ein armer junger Mann namens Athenodoros, obwohl er von dem Gespenst gehört hatte. In der ersten Nacht saß er über seiner Arbeit, als das Rasseln der Ketten ertönten und der Geist des Alten erschien. Das Gespenst winkte ihn zu sich heran. Der junge Mann sagte, er habe keine Zeit. Aber als das Gespenst einen rasselnden Wutanfall bekam, stand er doch auf und ging mit.

Als sie im Garten standen, zeigte der Geist auf eine bestimmte Stelle – und verschwand. Athenodoros markierte die Stelle, ging zu Bett und schlief ruhig bis zum nächsten Morgen. Dann ging er zur Wache und erzählte alles. Die Wachmänner gruben an der Stelle und fanden ein Skelett in Ketten. Es wurde ordentlich begraben, und fortan herrschte wieder Friede in dem Haus.

Plinius

Denken wie ein Grieche

Im Sommer des Jahres 413 v. Chr. gerieten die Athener bei der Belagerung der Stadt Syrakus in Schwierigkeiten. Einer ihrer Anführer war getötet worden, und der andere, Nikias, hatte hohes Fieber.

Die Athener beschlossen, die Belagerung aufzugeben und nach Hause zu segeln. Alle fanden die Idee gut und packten ihre Sachen zusammen. Aber in dieser Nacht gab es eine totale Mondfinsternis. Die Soldaten hielten sie für ein Zeichen der Götter.

Eine Katastrophe steht bevor, sagten die einen. Es sei vielleicht ein Zeichen, dass sie noch bleiben sollten, meinten die anderen. Sie konnten sich nicht einig werden. Also fragten sie ihren Anführer, Nikias.

„Wir fahren nicht nach Hause, sondern warten den nächsten Vollmond ab", bestimmte er.

Er wartete ganze 27 Tage lang. Und was geschah dann?

1 Nikias starb, und die Soldaten kehrten nach Athen zurück.

2 Sie gerieten in eine Katastrophe.

3 Die Armee von Syrakus ergab sich.

Lösung:

2 Die Armee von Syrakus nutzte die 27 Tage, um den Fluss mit aneinander geketteten Schiffen abzusperren, sodass die Athener mit ihrer Flotte nicht mehr herauskamen. Die Soldaten mussten nun den Landweg nehmen. Sie liefen den Feinden in die Arme und wurden vernichtet. Wer nicht starb, wurde zum Sklaven gemacht. Diese Katastrophe führte zum Untergang des mächtigen Staates Athen … und alles nur wegen einer Mondfinsternis und des Aberglaubens eines griechischen Feldherrn.

Leben wie ein Grieche

Das Schachbrett des Polybios

Die alten Griechen waren ganz verrückt nach Zahlen. Zum Beispiel auch der griechische Geschichtsschreiber Polybios. Er war mit etwa 1000 Geiseln im Jahre 168 v. Chr. nach Rom verschleppt worden. Sein geschichtliches Hauptwerk umfasst 40 Bände, aber nebenbei hatte er auch noch Zeit, sich den folgenden Geheimcode auszudenken, den man heute noch „Das Schachbrett des Polybios“ nennt:

Jedem Buchstaben wird ein Zahlenpaar zugeordnet – die Nummer der vertikalen (senkrechten) Leiste steht an erster Stelle, die Nummer der horizontalen (waagerechten) an zweiter Stelle. Daraus folgt: B = 1-2, F genau umgekehrt, nämlich 2-1. Das Wort „hallo“ wäre also 23 11 31 31 34. Kapiert?

	1	2	3	4	5
1	A	B	C	D	E
2	F	G	H	I/J	K
3	L	M	N	O	P
4	Q	R	S	T	U
5	V	W	X	Y	Z

Dann versucht mal rauszukriegen, was hier steht …

14 15 42 21 34 42 43 13 23 15 42 11 33 11 53 24 32 11 33 14 15 42 12 42 11 13 23 44 15 14 24 15 15 42 43 44 15 43 34 33 33 15 33 45 23 42 33 11 13 23 22 42 24 15 13 23 15 33 31 11 33 14

Lösung:
Der Forscher Anaximander brachte die erste Sonnenuhr nach Griechenland.

Haarsträubende Nachrichten

Das Schachbrett des Polybios war sicher eine ganz gute Methode, um geheime Botschaften zu übermitteln. Aber ein anderer Grieche namens Histaios erfand eine noch viel bessere!

Histaios war in persischer Gefangenschaft, erhielt aber die Erlaubnis, einen Brief an seinen Cousin Aristagoras zu schreiben. Die Perser prüften die Nachricht sorgfältig, aber sie konnten nichts Verdächtiges feststellen – der Inhalt war absolut harmlos. Sie erlaubten, dass ein Sklave den Brief Aristagoras überbrachte.

Als der Sklave bei Aristagoras ankam, sagte er zu ihm: „Schert mir den Kopf!“ Aristagoras tat es und förderte so die geheime Botschaft seines Cousins zu Tage – eintätowiert in die Kopfhaut des Sklaven stand nämlich zu lesen: „Erhebt euch gegen die Perser!“ Cool, was?

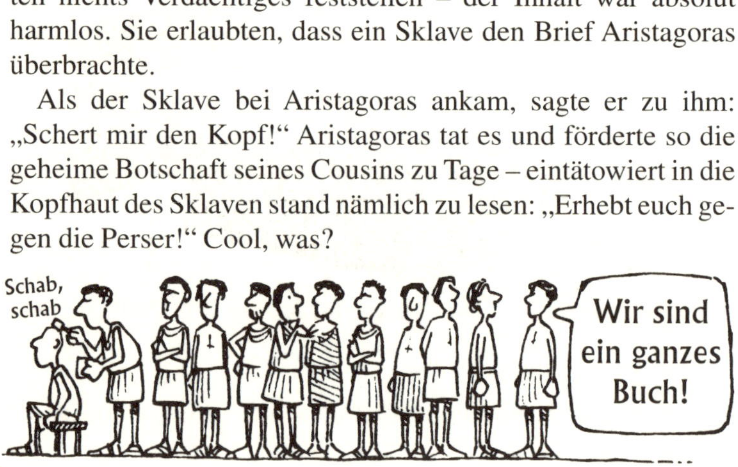

Camera obscura zum Selberbauen

Die Griechen erfanden einige geniale Geräte, die bis in unsere heutigen Tage wichtig sind. Eine der tollsten Erfindungen war die Camera obscura – oder Gucklochkamera.

Ein griechischer Künstler deckte hierzu ein Fenster mit dunklem Stoff zu und bohrte dann ein kleines Loch hinein. Auf der gegenüberliegenden Wand erschien eine Projektion, die auf dem Kopf stand – nämlich das Bild der Straßenszene vor dem Fenster, das der Künstler somit einfach nur abzupausen brauchte.

Baut euch eure eigene Mini-Gucklochkamera:

1 Bastelt einen offenen Kasten aus schwarzer Pappe, 20 x 10 x 10 Zentimeter.

2 Deckt die eine Seite mit schwarzem Papier ab und bohrt ein kleines Loch hinein.

3 Klebt über die andere offene Seite Butterbrotpapier.

4 Haltet die Kamera mit der schwarzen Seite ins Licht.

5 Alles, was vor der Kamera passiert, wird auf dem Butterbrotpapier zu sehen sein.

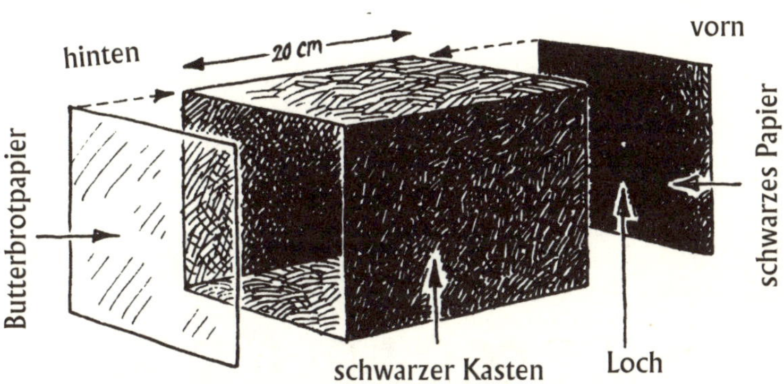

Achtung! Das Abbild steht auf dem Kopf – um alles genau zu erkennen, müsst ihr also einen Kopfstand machen!

Schnelles Geld auf hoher See

Die alten Griechen kannten auch schon das Geschäft mit Geld. Banküberfälle sind zwar nicht überliefert, aber es gab eine Menge Leute, die ihre Bank um riesige Summen betrogen, z.B. so:

1 Sie gingen zur Bank und sagten: „Ich möchte 10 000 Drachmen, um ein Schiff zu kaufen. Das Schiff belade ich mit Getreide, fahre damit übers Mittelmeer und verkaufe das Korn im Ausland. Wenn ich wieder zurück bin, habe ich einen Haufen Geld und kann den geliehenen Betrag zurückzahlen."

2 Die griechische Bank war einverstanden und bot einen Kredit an, den man im Falle einer Katastrophe nicht zurückzahlen musste, zum Beispiel, wenn das Schiff sank.

3 Sie behielten 5 000 Drachmen, kauften von der 2. Hälfte ein billiges Schiff und beluden es mit billigem Getreide.

4 Auf hoher See sägten sie unten im Rumpf des Schiffes den Kiel durch … was dazu führte, dass das Schiff sank.

5 Wenn das Schiff zu sinken begann, sprangen sie schnell ins Rettungsboot, paddelten zurück nach Hause und sagten der Bank: „Tut mir Leid, eure 10 000 Drachmen sind baden gegangen!" Und dann konnten sie sich ins Fäustchen lachen, weil sie um 5 000 Drachmen reicher waren!

Toller Plan, was? Und fast hätte er bei den beiden schurkigen Schiffsbesitzern Hegestratos und seinem Partner Sinothemis auch funktioniert – doch ab Phase 4 ging alles schief.

Sinothemis verwickelte die Passagiere oben an Deck in ein

Gespräch, während sich Hegestratos im schützenden Dunkel der Nacht nach unten schlich, um den Kiel durchzusägen. Aber einer der Passagiere hörte das Geräusch und stieg hinunter, um nach dem Rechten zu sehen. Hegestratos wurde ertappt und musste fliehen. Er rannte über das Deck und sprang in das wartende Rettungsboot – das heißt: Er wollte in das Rettungsboot springen. Aber da es dunkel war, verfehlte er es, landete im Wasser und ertrank. Selber schuld.

Das Schiff erreichte den sicheren Hafen, und die Bank verlangte ihr Geld von Sinothemis zurück. Hegestratos machte also keinen Gewinn, sondern verlor sein Leben …

Schuld und Sühne

Die Stadt Alexandria lag zwar in Ägypten, aber sie wurde von den Griechen regiert. Um 250 v. Chr. galten dort griechische Strafgesetze. Sie zeigen deutlich, was die alten Griechen für Recht und für Unrecht hielten.

Könnt ihr den einzelnen Vergehen die richtigen Strafen zuordnen? Bedenkt, dass die Rechtsprechung nicht unbedingt gerecht war – schon gar nicht die für Sklaven!

Vergehen	**Strafe**
1 Ein freier Mann schlägt einen anderen freien Mann oder eine freie Frau.	**a** Hundert Peitschenhiebe
2 Ein Sklave schlägt einen freien Mann oder eine freie Frau.	**b** Hundert Drachmen
3 Ein Betrunkener verletzt jemanden.	**c** Hundert Peitschenhiebe
4 Ein freier Mann bedroht einen anderen mit Waffen aus Holz, Eisen oder Bronze.	**d** Hundert Drachmen
5 Ein Sklave bedroht einen anderen mit Waffen aus Holz, Eisen oder Bronze.	**e** Zweihundert Drachmen

Lösung: 1d, 2c, 3e, 4b, 5a

Wenn ein Herr nicht wollte, dass sein Sklave die hundert Peitschenhiebe erhielt, musste er 200 Drachmen bezahlen – oder zwei Drachmen pro Peitschenhieb.

Wer mit seiner Geldstrafe nicht einverstanden war, konnte vor Gericht gehen und Widerspruch einlegen. Aber Vorsicht! Wenn man abgewiesen wurde, musste man das Doppelte bezahlen (bei Vergehen Nummer 1) oder sogar das Dreifache (bei Vergehen Nummer 4).

Frust der Frauen

Das Leben der Sklaven im alten Griechenland war bestimmt kein Zuckerschlecken – aber das der Frauen war auch nicht gerade angenehm. In Sparta lebten sie wie Männer – in Athen wie Sklavinnen. Freiheit, wie die Männer sie hatten, kannten sie nicht. Sie bekamen vorgeschrieben, was sie zu tun und zu lassen hatten.

In- und- Out-Liste	
Frauen sollen	Frauen sollen nicht
– zu Hause bleiben – bei den Sklaven lernen, wie man den Haushalt führt – spinnen, weben, kochen und Sklaven Befehle erteilen können – mit 15 vom Vater verheiratet werden – die Göttin Hestia ehren (Göttin des Herdes)	– wählen – kaufen oder verkaufen, wenn die Ware wertvoller ist als ein kleiner Becher Gerste – mehr besitzen als Kleider, Sklaven und ihren Schmuck – ausgehen, außer zu anderen Frauen, zu religiösen Festen oder zu Beerdigungen

Tempelmädchen

Die Frauen von Attika waren anders als die Athenerinnen. Sie halfen ihren Männern bei der Feldarbeit. Und sie hatten eine ungewöhnliche Art, ihre Töchter auf die Hochzeit vorzubereiten.

Im Alter von 13 wurden die Mädchen zum Tempel der Göttin Artemis nach Brauron geschickt, um sich auf ihre Rolle als Mütter und gute Ehefrauen vorzubereiten. Wie machten sie das?

1 Sie lernten Bogenschießen und Speerwerfen, Rüstungen flicken und Schwerter schleifen.

2 Sie beteten zur Göttin der Weisheit und lernten Zaubersprüche, die ihre Ehemänner zufrieden und gesund machen sollten.

3 Sie rannten nackt durch die Wälder und taten so, als seien sie Bärinnen.

Lösung:

3 Der Grund für das Bärenrennen war, dass die Mädchen ihre Wildheit herauslassen sollten, bevor sie den Bund der Ehe eingingen. Der Artemis-Tempel in Brauron war dafür in der Zeit von 370 bis 380 v. Chr. bei jungen Mädchen sehr beliebt.

Aber Vorsicht, Mädchen! Probiert diesen Tempelkult lieber nicht in der nächsten Kirche aus! Entweder schleppt die Polizei euch weg, oder die Jungs aus eurer Klasse fotografieren euch, oder ihr holt euch eine Lungenentzündung … oder alles zusammen.

Antike Mode

Ihr wollt wissen, wie die alten Griechen sich so gefühlt haben, aber nicht nackt durch Kirchen oder Wälder rennen? Dann zieht euch doch mal an wie die alten Griechen. Dieses Kostüm hier ist ganz einfach zu machen:

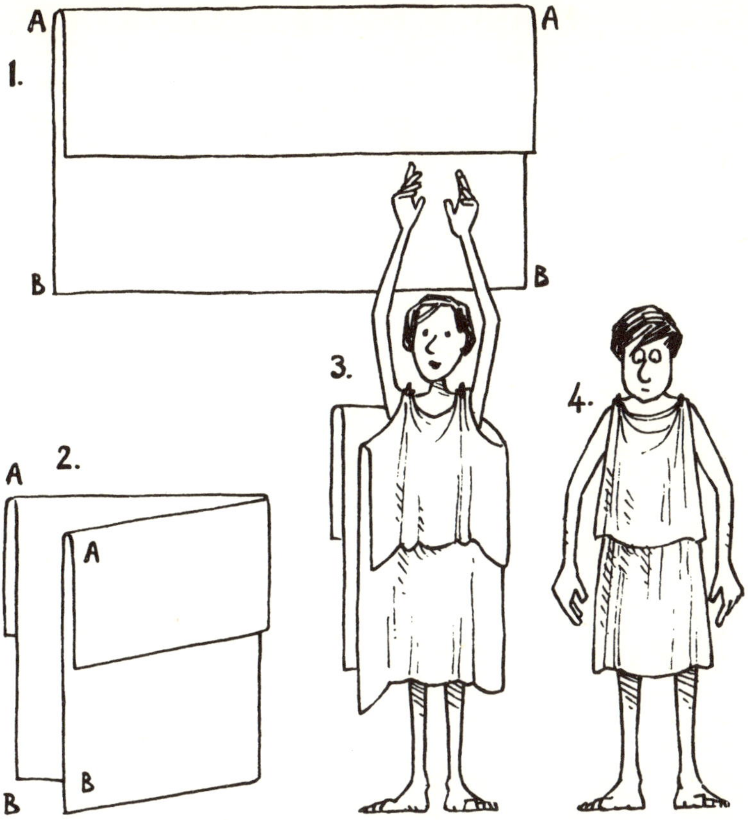

(Warnung: Nur für Sommerwetter geeignet!)

1 Faltet ein rechteckiges Stück Stoff wie oben gezeigt. Nehmt nicht Mamas bestes Bettlaken – lieber das von Papa.

2 Nochmal falten.

3 Jetzt das Laken um den Körper legen und den Stoff an den Schultern mit zwei Sicherheitsnadeln zusammenstecken – solche Nadeln gab es zwar damals noch nicht, aber ihr könnt ruhig ein bisschen mogeln.

4 Nun die offene Seite zusammenstecken. Dann kommt ein Gürtel um die Taille – man sieht ihn nicht, weil der Stoff drüberhängt.

5 Jetzt seid ihr ausgehfertig! Versucht doch mal einen kleinen Sprint – vielleicht findet ihr heraus, warum die Griechen ihre Kleider beim Sport ausgezogen haben?

Dieses Kleidungsstück nennt man Chiton. Frauen trugen genau dasselbe Gewand, allerdings knöchellang.

Testet euren Lehrer

Eure Lehrer wissen auch nicht alles – obwohl sie natürlich immer gern so tun. Stellt sie doch mal mit ein paar Fragen über die alten Griechen auf die Probe:

1 Der griechische Gelehrte Aristoteles liebte eine bestimmte Sorte Fleisch ganz besonders. Welche war es?

a Kamel

b Truthahn

c Pferdeleber

2 Der große Theaterdichter Aischylos soll gestorben sein, weil ein Adler etwas auf seinen Kopf fallen ließ. Was war es?

a eine Schildkröte

b ein Hase

c ein Stein

3 Neben den Olympischen Spielen gab es auch die Isthmischen Spiele. Dort bekamen die Sieger als Preis eine Krone. Woraus bestand sie? Aus …

a Stangensellerie
b Rhabarber
c Gold

4 Bevor der clevere Aristoteles auftauchte, hatten die Griechen eine merkwürdige Theorie über Elefanten. Was besagte sie?

a Elefanten haben kein Kniegelenk, deswegen müssen sie sich zum Schlafen gegen einen Baum lehnen
b Elefanten vergessen niemals etwas
c Elefantenfleisch zu essen macht elefantenstark

5 Welchen Mannschaftssport, der auch heute noch gespielt wird, liebten die alten Griechen ganz besonders?

a Hockey
b Fußball
c Volleyball

6 Der große griechische Denker Gorgias behauptete, dass nichts wirklich existiere, nicht einmal er selbst. Fast hätte er tatsächlich nicht existiert, denn seine Geburt verlief etwas schwierig. Wo erblickte er das Licht der Welt?

a im Grab seiner toten Mutter
b auf einem Berg während eines Schneesturmes
c an Bord eines sinkenden Schiffes

7 Welche öffentlichen Aufgaben hatten die Jugendlichen von Sparta, um ihre militärischen Fähigkeiten zu erproben?

a Sie arbeiteten für die Geheimpolizei und brachten Unruhestifter um
b Sie fegten und reparierten Straßen
c Sie dienten bei alten Leuten und kochten für sie

8 Wie weit segelte der griechische Entdecker Pytheas?
a Bis nach England und in die Nordsee
b Bis nach Kreta im Mittelmeer
c Über den Atlantik bis nach Amerika

9 Im vierten Jahrhundert v. Chr. entwickelten die Griechen eine neue Waffe für den Krieg zur See. Sie entzündeten leicht entflammbare Flüssigkeiten und schleuderten sie auf feindliche Schiffe oder Städte. Wie wird diese Waffe genannt?

a Griechisches Feuer
b Zeus' Rache
c Fliegende Flammen

10 Auf Gräbern wuchs oft eine heilige Pflanze, die heute nicht mehr als heilig gilt. Welche war es?

a Petersilie
b Kohl
c Knoblauch

Lösung:
Die richtige Antwort ist jedes Mal a.
* Bei 0–5 Punkten sollte euer Lehrer noch mal die Schulbank drücken.
* 6–9 Punkte. Gar nicht übel!
* 10 Punkte: Prüft nach, ob euer Lehrer vorher heimlich das Buch gelesen hat.

Teste dich selbst!

Jetzt seid ihr an der Reihe! Versucht, die richtigen Antworten zu finden, indem ihr die Sätze richtig zusammenbaut …

A	B	C
Der Dichter Aischylos	erfand eine neue Waffe, nämlich	ein Kamel.
Eine trauernder Angehöriger	segelte bis nach	Hockey.
Aristoteles, ein großer Denker,	starb durch	Elefanten ohne Kniegelenke.
Ein griechischer Sportler	erblickte bei seiner Geburt	eine Schildkröte.
Ein griechischer Seemann	pflanzte damals	die Geheimpolizei.
Ein spartanischer Jugendlicher	spielte besonders gerne	Sellerie.
Der Entdecker Pytheas	gewann eine Krone aus	England.
Der griechische Denker Gorgias	glaubte an	das Griechische Feuer.
Der Sieger der Isthmischen Spiele	arbeitete für	Petersilie.
Ein Grieche vor Aristoteles	schlachtete fürs Abendessen	das Grab seiner seiner Mutter.

Sterben wie ein Grieche

Wie geht's uns denn heute?

Der Name des frühesten uns bekannten griechischen Arztes soll Asklepios gewesen sein. Er war ein bekannter Mensch seiner Zeit und gewann viele Anhänger, die Asklepiaden. Sie gründeten kein Krankenhaus, sondern einen Tempel. Die meisten ihrer Patienten wurden durch Ruhe, viel Schlaf und gute Ernährung gesund. Aber die Asklepiaden wollten bei den Leuten den Eindruck erwecken, dass sie Götter waren. Deswegen mussten ihre Patienten Opfer darbringen und Gebete sprechen.

Der Asklepios-Tempel war berühmt, weil den Priester-Ärzten kein einziger Patient starb. Wie sie das schafften?

Ganz einfach: durch Betrug! Wenn jemand schon halb tot im Tempel ankam, durfte er nicht rein. Und wenn jemand während der Behandlung zu sterben drohte, wurde er im nächsten Wald ausgesetzt.

Die scheinheiligen Heiler waren auf Geld aus. Sie setzten ihre Kranken unter Druck und drohten, die Götter würden sie noch kränker machen, wenn sie nicht zahlten. Außerdem machten die Tempel-Ärzte auch Werbung: Noch heute kann man in den eingravierten Inschriften der Ruinen lesen, welche Wunder sie versprachen …

Ein Einäugiger kam in den Tempel. Im Schlaf rieben die Götter ihm Salbe auf das Augenlid, und er erwachte mit zwei Augen.
Sonderangebot im Tempel: Zwei Augen zum Preis von einem!
Das Mädchen Areta aus Sparta hatte Wasser im Gehirn. Asklepios schnitt ihr einfach den Kopf ab, ließ das Wasser herauslaufen und nähte den Kopf wieder an!
Wirklich genial … leider hat er die Köpfe verwechselt!
Heramos von Mytilini war kahl und wurde von allen verspottet. Im Schlaf rieb Asklepios ihm den Kopf mit Salbe ein. Heramos erwachte mit dichtem schwarzem Haar.
schnarch /zzz/
Dein Haar braucht jeden Tag ein Schälchen Milch – und geh Hunden aus dem Weg!

Mit der Zeit wurden die Tempel zu richtigen medizinischen Schulen. Später verkündete der große Hippokrates (460–357 v. Chr.), dass alle magischen Heilungen durch die Götter blanker Unsinn seien. Er glaubte an das gründliche Studium des menschlichen Körpers und war für wissenschaftliche Experimente.

Hippokrates wurde so berühmt, dass auch unsere Ärzte heutzutage noch den Eid des Hippokrates ablegen müssen (obwohl er im Laufe des 20. Jahrhunderts etwas abgeändert wurde); sie müssen schwören, niemandem tödliche Drogen zu verabreichen – selbst wenn man sie darum bittet – und ihre Heilkunst immer nur einzusetzen, um Kranken zu helfen.

(Stellt euch mal vor, ihr müsstet einen Eid ablegen, wenn ihr an eine neue Schule kommt …)

Auch Hippokrates hatte natürlich seine kleinen Schwächen. Er dachte zum Beispiel, der menschliche Körper habe 91 Knochen – heute wissen wir, dass es 206 sind!

Er glaubte auch an die heilende Wirkung des Aderlasses. Einem jungen Mann mit Magenproblemen ließ er so kräftig zur Ader, dass er kaum noch Blut in seinem Körper hatte … und der Mann überlebte!

Bei Lungenkrankheiten schüttelte man den Patienten und testete, ob es plätschernde Geräusche gab.

Der alte Hippokrates war ein bisschen nörgelig – er beschwerte sich darüber, dass die Leute immer den Arzt für den Schuldigen halten, wenn ein Patient stirbt.

Ihr würdet euch allerdings auch aufregen, wenn ihr tun müsstet, was der alte Hippo so tat. Um eine Diagnose zu stellen, untersuchte er alles – sogar …

- Kotze
- Rotze
- Ohrenschmalz
- eitrige Wunden

Nicht so schlimm, findet ihr? Tja, damals gab es aber noch keine Labore mit chemischen Testverfahren wie heutzutage! Was glaubt ihr, wie Hippokrates seine Proben testete?

1 Er untersuchte die Farbe
2 Er kochte sie mit Rhabarbersaft auf
3 Er kostete sie

Lösung:
3 Entweder Arzt oder Patient musste die Probe kosten.

Hippokrates und seine Anhänger bohrten bei ihren Patienten auch Löcher in die Schädeldecke, um Gehirnflüssigkeit abfließen zu lassen. Allerdings waren sie nicht die Ersten, die Operationen am Kopf vornahmen. Es ist erwiesen, dass solche Eingriffe auch schon in der Steinzeit gemacht wurden. (Keine angenehme Vorstellung, mit einer Axt aus Feuerstein operiert zu werden.)

Die abergläubischen Griechen hoben das Knochenstück aus der Schädeldecke als Glücksbringer auf – es sollte vor Krankheit schützen.

Hippokrates sagte ein paar Dinge, die auch heute manchmal noch behauptet werden:

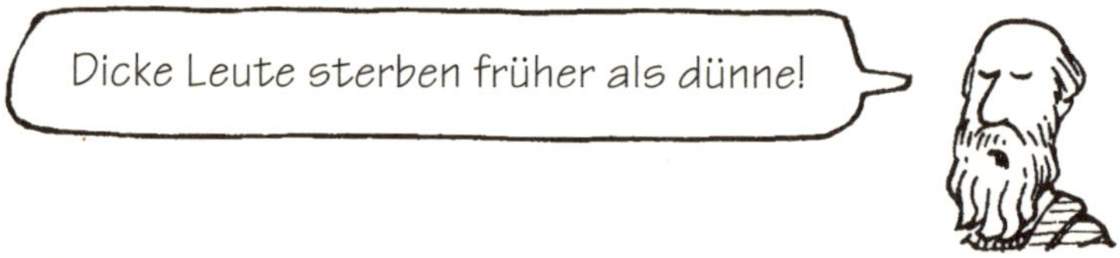

Und er stellte auch einige Benimmregeln für Ärzte auf:

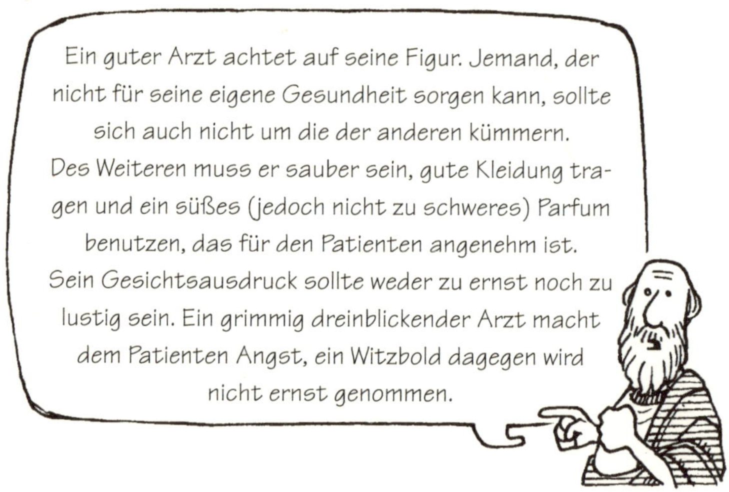

Hippokrates selbst muss wohl ein vorbildlicher Arzt gewesen sein, denn er wurde 99 Jahre alt.

Miese Methoden

Nicht jeder Doktor war so selbstlos wie Hippokrates. Menekrates von Syrakus zum Beispiel war ein habgieriger Schuft. Er suchte sich besonders gerne schwer kranke Patienten, die er erpressen konnte:

Wenn man sich einen fiesen Arzt wie Menekrates ersparen wollte, konnte man natürlich auch versuchen, sich selbst zu heilen – so wie der große Denker Heraklit es tat.

Heraklit litt an Wassersucht – eine Krankheit, bei der der Körper anschwillt, weil sich zu viel Wasser in ihm ansammelt. Um die Heilkünste seiner Ärzte auf die Probe zu stellen, gab Heraklit ihnen folgendes Rätsel auf: „Wie lässt sich Regenwetter in eine Dürre verwandeln?“ Den Ärzten fiel dazu nichts ein. (Mir ehrlich gesagt auch nicht – euch vielleicht?)

Also beschloss Heraklit, sich selbst zu helfen. Er nahm an, dass Wärme das beste Mittel sei, um überschüssige Flüssigkeit loszuwerden. Auf seinem Bauernhof gab es einen großen Misthaufen, in dessen Mitte es ziemlich warm war.

Heraklit packte sich bis zum Hals mit Mist ein … und starb.

Warnung: Probiert die Mistkur nicht in eurer Wohnung! Entweder der Mist bringt euch um oder eure Mutter. Außerdem können dich deine Freunde hinterher mit Sicherheit nicht mehr riechen – jedenfalls nicht, bevor ihr mindestens hundertmal geduscht habt!

Schlimme Seuche

Etwas, wogegen kein griechischer Arzt etwas tun konnte, war eine große Seuche, die 430 v. Chr. in Athen ausbrach. Über diese Krankheit, der hunderte von Menschen zum Opfer fielen, weiß man, dass …

- sie wahrscheinlich aus Ägypten kam
- sie so plötzlich auftrat, dass das Gerücht entstand, Feinde hätten das Wasser in den Zisternen vergiftet
- man zuerst Kopfschmerzen und brennende Augen bekam
- man anfing zu niesen
- einem übel wurde, wenn die Krankheit den Magen angriff
- die Patienten so hohes Fieber bekamen, dass sie keine Kleider am Leib ertragen konnten
- einige Patienten so sehr unter Durst litten, dass sie sich in Brunnen stürzten
- man Ausschlag bekam
- die Patienten fast alle starben
- diejenigen, die wieder gesund wurden, oft ihr Gedächtnis verloren

Aas fressende Raubvögel trauten sich meist nicht an die aufgebahrten Leichen heran. Wenn sie es taten, starben sie.

Der athenische Geschichtsschreiber Thukydides berichtet über die Seuche …

Manche Familien verbrannten ihre Toten. Thukydides beschreibt auch, dass vorbeiziehende Trauernde ihre Leichen zuweilen einfach auf ein fremdes Feuer warfen … dann rannten sie davon!

Mörderische Mediziner, Teil 1

Der griechische König Pyrrhos musste sich im Jahre 278 v. Chr. über einen Mörderdoktor ärgern. Sein Arzt sandte nämlich folgende Botschaft an die Römer:

> Verehrter Fabricius,
> ich bin der Arzt von König Pyrrhos. Wenn Ihr mich gut bezahlt, vergifte ich ihn gerne.

Doch Fabricius schickte den Brief postwendend an seinen Feind, König Pyrrhos, zurück und schrieb dazu;

> Mit besten Grüßen an König Pyrrhos,
>
> Ihr scheint Freund und Feind nicht gut zu unterscheiden. Ehrliche Leute bekriegt Ihr, schändliche dagegen habt Ihr um Euch! Wie Ihr aus diesem Brief erseht, trachtet Euch jemand in Eurer Nähe nach dem Leben. Wir teilen es Euch mit, weil wir solch verräterischer, unredlicher Taten nicht angeklagt werden wollen. Möge eine ehrliche Schlacht unseren Krieg entscheiden!
>
> Fabricius

König Pyrrhos überführte den Verräter und gab ihm seine eigene Medizin zu kosten: Er ließ den Giftmischer hinrichten. Sein Dank gegenüber seinen römischen Feinden war so groß, dass er alle römischen Gefangenen ohne Lösegeld freiließ.

Mörderische Mediziner, Teil 2

Wenn man den feindlichen König schon nicht vergiften kann, kann man ihn ja wenigstens davon abhalten, Medizin zu nehmen, die ihm hilft. Wie man das macht? Ganz einfach! Man behauptet einfach, dass sein Arzt ihn vergiften will … auch wenn der Arzt das gar nicht vorhat!

Das versuchte man jedenfalls bei Alexander dem Großen. Er lag krank darnieder, als er von seinem verräterischen Freund Parmenion einen Brief bekam – der Inhalt war derselbe wie im Brief des Römers Fabricius …

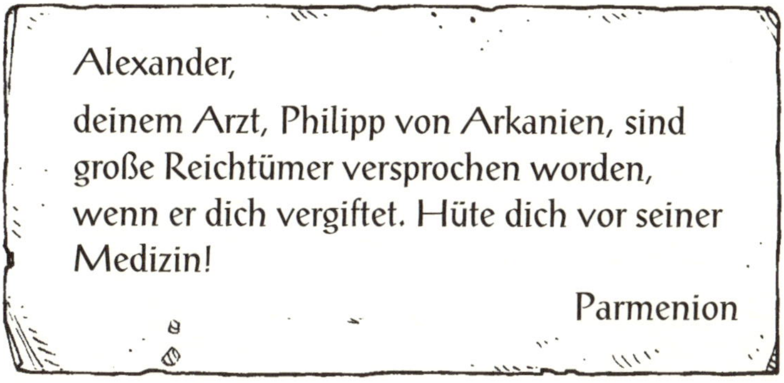

Alexander,

deinem Arzt, Philipp von Arkanien, sind große Reichtümer versprochen worden, wenn er dich vergiftet. Hüte dich vor seiner Medizin!

Parmenion

An diesem Abend brachte Doktor Philipp dem Kranken einen Becher Medizin. Alexander hatte den Brief an seinem Bett. Sollte er seinem Arzt trauen?

Er entschied sich zu einer mutigen Tat, gab dem Arzt den Brief und leerte den Becher im selben Moment mit einem Zug.

Philipp war beeindruckt. „Wie konntet Ihr sicher sein, dass es kein Gift war?“, fragte er.

„Ich verstehe nichts von Gift“, erwiderte Alexander. „Aber von Menschen verstehe ich etwas. Ich weiß, dass du mich nie hintergehen würdest, teurer Freund!“

Alexander wurde wieder gesund – die Ärzte waren damals also nicht allesamt verräterisch und habgierig!

Doktor auf Zeitreise

Welcher „Doktor“ reiste durch die Zeit, um den Griechen bei der Schlacht von Troja beizustehen? (Kleiner Tipp: Von ihm stammt angeblich die tolle Idee mit dem Holzpferd!)

Lösung:
Doktor Who, der Star einer Fernsehserie aus den 80er-Jahren. (Übrigens ließ sich Käpten Kirk von Raumschiff Enterprise ebenfalls ins antike Troja beamen – er beschloss allerdings, sich nicht in die geschichtlichen Ereignisse einzumischen. Troja scheint also ein beliebtes Ziel für Zeitreise-Touristen zu sein. Wie merkwürdig, dass der alte Homer sie gar nicht erwähnt hat …)

Sport und Spiele

Die verrückten Griechen liebten Wettkämpfe und erfanden auch die Olympischen Spiele. Die erste Olympiade dauerte nur einen Tag; sie bestand einfach nur aus einem Wettlauf über eine Strecke von 190 Metern, dem „Stadionlauf". (Stadion und Laufbahn waren damals nicht oval, sondern schnurgerade angelegt.)

Erst bei der 14. Olympiade kam als zweite Disziplin der Doppellauf (über eine Strecke von 384 Metern) dazu. Vier Jahre später schließlich, bei der 15. Olympiade, war die neueste Sportart der Langstreckenlauf (vermutlich über 4600 Meter), und später gab es auch noch weitere Disziplinen. Die Spiele zogen sich schließlich über sechs Tage hin. Unter anderem fanden nun auch Extra-Wettkämpfe für die 12- bis 18-jährige Jungen statt.

- Hinweis für Mädchen: Frauen und Mädchen durften bei den Spielen nicht zuschauen.
- Hinweis für Jungen: Die Athleten mussten nackt kämpfen.

Wer ist euer Champion?

Lust auf eine Mini-Olympiade gegen eure Nachbarklasse? Dazu müsstet ihr erst mal einen Wettkampf in eurer Klasse veranstalten und den Champion ermitteln, der euch vertreten wird. Dann kann's losgehen! Vergesst nicht, euren Champion kräftig anzufeuern, wenn er gegen den Kerl aus der Nachbarklasse antritt!

So wird's gemacht: Zuerst wählt ihr eure Schiedsrichter. Auch sie müssen vor der Olympiade trainieren, damit sie beim Wettkampf keine falsche Entscheidung fällen. Und sie müssen ehrlich und unparteiisch sein. Verabredet Ort und Zeit der Austragung, und lasst eure Champions gegeneinander antreten:

- 200-Meter-Lauf
- Langstrecke: 400-Meter-Lauf

- Weitsprung aus dem Stand: mit einem Kilogewicht in jeder Hand zum Schwungholen.
- Ringe werfen (verabredet einen Zielpunkt – wer am dichtesten dran ist, gewinnt)
- Speerweitwurf

Nach dem Wettkampf …

1 Der Sieger erhält eine Krone aus Zweigen eines wilden Olivenbaumes, der in einem heiligen Hain wächst. (Wenn ihr keinen findet, dann bastelt eine Krone aus der wilden Pappe einer heiligen Cornflakes-Schachtel.)
2 Name und Herkunft des Siegers werden vor der tobenden, wogenden Menge öffentlich ausgerufen. (Oder druckt seinen Namen in der nächsten Ausgabe der Schülerzeitung.)
3 Wenn der Sieger siegreich nach Hause zurückkehrt, schlägt man ihm zu Ehren ein Extraloch in die Stadtmauer, durch das er eintritt. (Haut besser kein Loch in die Wand eures Klassenzimmers – sonst können eure Lehrer viel zu schnell vor euch fliehen!)
4 Der Sieger wird mit weiteren Ehrungen überhäuft – er zahlt keine Steuern mehr oder wird sein Leben lang kostenlos verpflegt. (Ihr könnt eurem siegreichen Champion ja mit vereinten Kräften etwas Leckeres kochen!)

5 Vergesst nicht, dem Verlierer herzlich zu gratulieren! Verlierer haben auch Gefühle. (Ein olympischer Ringer namens Teimanthes wurde mit zunehmendem Alter immer schwächer. Vor lauter Verzweiflung entzündete er ein riesiges Feuer und warf sich in die Flammen.)

Einige verrückte olympische Disziplinen

Maultierrennen – ein bisschen holperig

Staffellauf – heiße Sache! Der Gott Prometheus stahl das Feuer von den Göttern und brachte es zu den Menschen auf die Erde. Aber die Menschen mussten vor den wütenden Göttern fliehen und rannten mit brennenden Fackeln davon. Prometheus zu Ehren wurden bei den Olympischen Spielen brennende Fackeln als Staffelhölzer benutzt. Wenn das Feuer ausging, hatte die Mannschaft verloren. (Und wenn man das falsche Ende der Fackel erwischte … aua!)

Wagenrennen mit Vierergespann – gefährlich. Der Dichter Homer beschrieb einen Unfall …

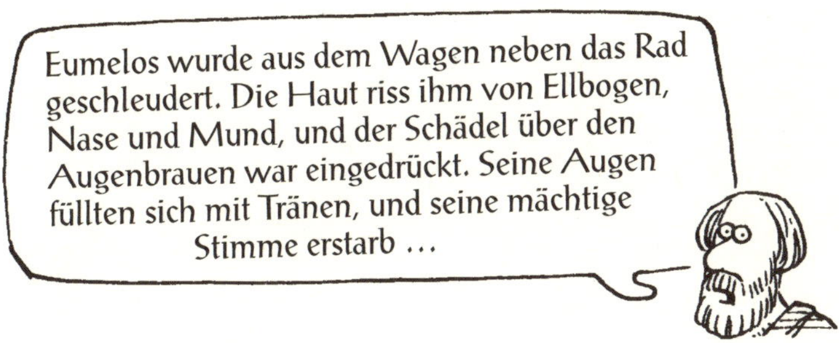

Ein bisschen heftiger als Fußball im Pausenhof, was?

Hoplit-Lauf – anstrengend! Hopliten waren die spartanischen Fußsoldaten. Ein Wettlauf in voller Rüstung war ganz schön schweißtreibend. Versucht mal, mit ein paar Mülleimern auf dem Rücken zu rennen – so ähnlich muss es sich angefühlt haben.

Trompeter-Wettkampf – ohrenbetäubend!
Pankration … hä? Ein anderes Wort für diese Disziplin ist „Allkampf" – eine brutale Mischung aus Boxen und Ringen. Bis auf Beißen und Augenausstechen war alles erlaubt. Die Gegner machten sich gegenseitig fix und fertig. Sie durften …

- würgen
- treten
- Arme verdrehen
- und auf dem anderen herumtrampeln.

Nicht gerade angenehm, wenn man der Verlierer war.

Boxen – ein kleiner Kinnhaken, ein lächerliches blaues Auge? Von wegen! Die alten Griechen boxten ein bisschen anders. Schauen wir doch mal in einen antiken Sportbericht …

Olympia-Rundschau

Dauertiefpreis: nur 20 Obolen!

Damoxenos holt alles raus!

Beim olympischen Boxen der Schwergewichtsklasse schlug gestern Damoxenos der Dämon seinen Herausforderer Creugas ... und verlor trotzdem!

In einem sensationellen Kampf verteidigten die Gegner ihre bislang unangefochtenen Rekordtitel. 2 000 Zuschauer saßen gespannt im Gras und verfolgten in der Nachmittagssonne den Kampf bis zum Ende – ein Ende, mit dem niemand gerechnet hatte!

Buhrufe

Dämon Damoxenos wird schon ausgepfiffen, als er mit lederverstärkten Fäusten den Kampfplatz betritt. Jubel ertönt beim Erscheinen des schönen Creugas. Die Stimme des Schiedsrichters hallt über den Platz: „Denkt daran, Schläge mit der flachen Hand, Fausthiebe und Hiebe mit dem Handrücken sind erlaubt. Treten ist zulässig – aber keine Stöße mit dem Kopf. Verstanden?"

„Jawohl!", erwidert Creugas mit Stolz – von Damoxenos ist nur ein Grunzen zu hören.

„Der Kampf wird nicht unterbrochen, bis einer sich geschlagen gibt. Er zeigt es durch das Heben der rechten Hand. Verstanden?"

Ein dreckiges Lachen von Damoxenos. „Das muss ich nicht verstehen", sagt er. „Ich gebe niemals auf!"

Creugas kontert gekonnt

Wieder buht die Menge, als der Schiedsrichter zurücktritt. „Los!", ruft er, und Damoxenos wirft sich nach vorn. Wie eine harte Keule schwingt er seine Faust und versucht, Creugas am Kopf zu treffen, doch der junge Mann springt zurück und landet seinerseits einen Treffer am Kopf des Champions.

So geht es endlos weiter: Dämon Damoxenos, der umhertappt und wild die Fäuste schwingt, aber bei dem flinken Creugas keinen Treffer landen kann. Als die Menge langsam unruhig wird und die Sonne bereits untergeht, unterbricht der Schiedsrichter den Kampf. „Es wird kein Unentschieden geben!“, ruft er. „Die Entscheidung fällt durch einen einzigen Hieb – jeder hat einen Schlag!“

Creugas hat den Vortritt

Gespannt rücken die Zuschauer näher heran.

„Du zuerst, Knirps“, knurrt Damoxenos. Der Hüne lässt die Arme hängen, die Menge hält den Atem an.

Creugas landet einen hammerharten Schwinger – aber Dämon Damoxenos kann darüber nur lachen. „Jetzt ich“, sagt er.

Der junge Mann schüttelt den Kopf und erwartet den Schlag, der ihn mit Sicherheit bewusstlos machen wird. Aber es kommt anders. Damoxenos trifft ihn unterhalb der Rippen. Er hält die Finger nach vorn, und seine scharfen Nägel bohren sich durch die Bauchdecke des jungen Mannes. Der Hüne zieht die Hand zurück und stößt ein zweites Mal zu. Diesmal zieht er seinem Herausforderer die Eingeweide aus der Bauchhöhle.

Die Menge keucht, als Creugas leblos zu Boden sackt.

Regelverstoß

„Nur ein Hieb war erlaubt!“, schreit der Schiedsrichter. „Das waren zwei, Damoxenos – du verstößt gegen die Regel! Du bist disqualifiziert! Hiermit erkläre ich Creugas zum Champion!“

Die Zuschauer jubeln. Der neue Champion ist sprachlos.

Sein Trainer: „Was für ein Goldjunge! Hat sich prima geschlagen! Er hat’s wirklich verdient. Nachher stoßen wir auf ihn an – das muss gefeiert werden!“

Creugas, wir werden ihn nie vergessen! Er hat sein Letztes gegeben, ein Sportler, aus dem man alles herausholen kann …

Wusstet ihr schon …?

1 Wer bei den Olympischen Spielen schummelte, musste eine teure Zeus-Statue stiften. Und als die griechische Olympiade schließlich abgeschafft wurde, standen eine ganze Menge solcher Statuen am Olymp – es gab also offenbar ziemlich viele Betrüger.

2 Besonders häufig wurde beim Wagenrennen geschummelt: Man wettete, dass man das Rennen trotz eines wirklich guten Vierergespanns verlieren würde. Dann tat man während des Rennens so, als ob man wie wild auf die Pferde einschlug, um sie anzutreiben – in Wirklichkeit aber hielt man sie an den Zügeln zurück. Dieses „Ziehen“ der Pferde, um Geld zu gewinnen, gibt es bis heute.

3 Die Olympischen Spiele wurden von den Römern verboten, nachdem sie Griechenland erobert hatten. Sie hielten nicht so viel von Sport, sondern liebten den Gladiatorenkampf, bei dem sich die Gegner gegenseitig umbrachten. Die Römer bauten große Kollosseen, wo ihre Spiele stattfinden konnten.

Eine Zeit lang durften die besiegten Griechen ihre Olympiade noch abhalten – dann wurden die Spiele im Jahre 394 n. Chr. durch den römischen Imperator Theodosius abgeschafft.

4 Bei der griechischen Olympiade gab es auch Wettkämpfe in Musik, Theater und öffentliche Rede (Rhetorik).

5 Nach ihrer Abschaffung fanden 1500 Jahre lang keine Olympischen Spiele mehr statt. Erst 1896 wurden sie durch einen jungen französischen Adeligen namens Pierre de Coubertin erneut ins Leben gerufen und fanden seither wieder im Vierjahresrhythmus statt. Im alten Griechenland waren die Spiele zu Ehren des Gottes Zeus abgehalten worden, und alle Kriege und Kämpfe mussten unterbrochen werden. In unserer Zeit sind Kriege traurigerweise wichtiger, weshalb die Olympiade während der beiden Weltkriege dreimal ausgesetzt wurde (1916, 1940 und 1944).

6 Der erste Olympiasieger, von dem wir etwas wissen, war ein Koch namens Koroibos von Elis.

7 Der junge Athlet Pisidoros wollte seine Mutter zu den Spielen mitnehmen. Weil Frauen aber keinen Zutritt hatten, musste sie sich als sein Trainer verkleiden.
8 Heutzutage tragen viele Sportler Nike-Schuhe – aber wusstest du eigentlich, dass Nike der Name der griechischen Siegesgöttin war? Sie wachte über alle sportlichen Wettkämpfe.
9 Das „Stadion“ war damals ein Längenmaß, nämlich die Länge einer Sportarena (192,7 Meter) – deswegen heißen die Sportstätten bei uns bis heute Stadion. Die Bahnen verliefen nicht kreisförmig, sondern gerade – bei längeren Strecken mussten die Wettkampfteilnehmer also hin und her laufen.
10 Der Dichter Homer beschrieb einen Wettlauf zwischen Odysseus und Achilleus. Odysseus war am Verlieren und sandte ein Stoßgebet an die Göttin Athene. Die freundliche Göttin sorgte nicht nur dafür, dass Achilleus stolperte, sondern ließ ihn obendrein Hals über Kopf in einem Kuhfladen landen. Achilleus spuckte Kuhmist – und natürlich verlor er das Rennen.

Essen wie ein Grieche

Opfer-Schlemmereien

Eigentlich sollte ein Opfer ja ein Geschenk an die Götter sein. (Natürlich mit dem Hintergedanken: „Hier, liebe Götter! Ich bin nett zu euch – seid ihr dann auch nett zu mir?“) Aber wenn die Griechen den Göttern ein Tier opferten, dann brieten sie es und aßen es auf. Das ist ein bisschen so, als wenn ihr eurer Mutter eine Schachtel Pralinen kauft und die Pralinen dann selber aufesst.

- Die größte Ehre war es, Herz, Lunge, Leber oder Nieren des geopferten Tieres zu verspeisen.
- Die besten Fleischstücke wurden geteilt.
- Der Rest wurde durch den Fleischwolf gedreht und für Suppen und Aufläufe verwendet – das durften dann die einfachen Leute essen.
- Für die Götter blieb von dem geopferten Tier nicht gerade viel übrig – nur der Schwanz, die Hüftknochen und die Galle.

Außerdem mischten die Griechen das Blut mit Fett und füllten es in die Blase des Tieres. Dann wurde das Ganze gebraten und als kleine Leckerei verzehrt. Vielleicht würdet ihr auch mal davon kosten? (Natürlich ohne den ganzen Aufwand, eine Kuh zu opfern – dabei kann man sich nämlich ganz schnell den Wohnzimmerteppich versauen!) Ihr kriegt diese antike Götterspeise in der Metzgerei um die Ecke! Und wonach müsst ihr fragen? Nach …

1 Blutkuchen
2 Blutwurst
3 Bluthund

Lösung:

2 Blutwurst natürlich. Die Griechen brieten sie meistens, genau wie die Bayern – in Süddeutschland gehört sie zu jeder „Schlachtplatte“.

Pflanzliche Opfer

Auch im antiken Griechenland gab es natürlich Vegetarier. Sie opferten den Göttern Gemüse – auch ganz lecker!

Milon der Tolle

Milon war ein vielfacher Sieger im Ringkampf – und er fand sich ziemlich toll. Einmal lief er vor einer Olympiade mit einem lebendigen jungen Stier auf den Schultern durch das Stadion, damit jeder sah, wie stark er war. Nach all den Anstrengungen brauchte er einen kleinen Imbiss – also schlachtete er den Bullen und aß ihn auf. Bevor der Tag zu Ende ging, hatte er den ganzen Stier verspeist.

Offensichtlich aber gab es auf dem Olymp auch ein paar Götter mit Sinn für Gerechtigkeit, denn Milon bekam, was er verdiente – und zwar genau, was er verdiente.

Er wollte gerade mal wieder mit seinen Kräften angeben. Er spaltete mit bloßer Hand einen Baum… aber sie blieb in dem Spalt stecken. Sosehr er auch zog und zerrte, er konnte sich nicht befreien. Schließlich tauchte ein Rudel Wölfe auf. Sie leckten sich das Maul und kamen näher und näher …

Was sie mit ihm taten? Genau dasselbe, was er mit dem jungen Stier getan hatte – allerdings ohne ihn vorher zu kochen.

Schlechtes Essen

Die Griechen verzehrten zwar ihre geopferten Tiere, aber an gewöhnlichen Tagen aßen sie nicht sehr viel Fleisch. Ein Geschichtsforscher hat einmal gesagt: „Eine griechische Mahlzeit bestand damals aus zwei Gängen: Der erste war eine Art Brei – und der zweite war ebenfalls eine Art Brei.“

Ganz so schlimm war es nicht. Der Brei war eine Paste aus Linsen, Bohnen und Getreide – alles wurde gestampft und mit Öl verrührt. (Pflanzliches Öl natürlich – kein Motor-Öl.)

Griechische Bauern aßen dazu Oliven, Feigen, Nüsse und Ziegenkäse. Getrunken wurde Wasser oder Ziegenmilch.

Nach 500 v. Chr. begannen reiche Leute, mehr Fleisch zu essen: Ziegen- oder Schweinefleisch, Hammel oder Wild, dazu tranken sie lieber Wein als Wasser. Und welche der folgenden Gerichte standen außerdem noch auf ihrem Speiseplan?

Lösung:
Alles außer 3 und 7

Spartanische Suppe

Vielleicht hättet ihr nicht so gern im antiken Athen gelebt und Grashüpfer und Drosseln gegessen. Aber es gab wirklich Schlimmeres. Ihr hättet auch in Sparta leben können!

Die Spartaner hatten ein scheußliches Gericht, das sie Schwarze Suppe nannten. Sie bestand aus Blut, Fleischbrühe, Salz und Essig!

In Athen gab es einige böse Sprüche über das spartanische Essen. Man sagte: „Die Spartaner wollen weltweit die Mutigsten sein – und das müssen sie auch. Bei dem Essen!"

Häufig war auch zu hören: „Kein Wunder, dass die Spartaner dem Tod auf dem Schlachtfeld so gelassen ins Auge sehen – für sie ist der Tod sicher angenehmer als ihre Mahlzeiten!"

Ein griechischer Gourmet

Der Grieche Archestratos verfasste im 4 Jh. v. Chr. das erste Kochbuch in ganz Europa. Er schrieb seine Rezepte in Versen – sie waren wohl eher zum Vortrag auf Festen gedacht als zum Kochen. Das Buch enthielt einige merkwürdige Ratschläge für Köche und ihre Kundschaft. Archestratos schien ein etwas brummiger Herr zu sein, der seine Meinung deutlich sagte:

Sie kommt zu uns vom Schwarzen Meer,
die salzige Sardelle.
Geschmacklos, und sie stinkt zu sehr –
fort mit ihr zur Hölle!

Archestratos hatte seine eigenen Vorlieben. Er zog deftige Hausmannskost vor …

Neuerdings soll Fleisch von Kühen
die edelste der Speisen sein.
Man spare sich die ganzen Mühen:
Das beste Fleisch ist das vom Schwein!

Die boshaftesten Bemerkungen machte Archestratos über ausländische Köche, die mit ihren scheußlichen Rezepten die gute griechische Küche verdarben:

Nach Rom fahre wohl besser nicht,
wer einen Barsch verspeisen will.
Dort gehört ein Fischgericht
samt den Köchen auf den Müll!

Barsch kriegt man in Syrakus
in süßlich saurem Gurkensaft.
Oder auch mit Überguss
aus Käsesoße – grauenhaft!

Zum Glück hat Archestratos die moderne italienische Küche nicht gekannt. Was hätte er wohl über leckere Pizza und Pasta gesagt? Vielleicht …

Spagetti sind ein Gräuel, der Grund:
Sie passen schlecht in einen Mund!
Und an heißen Pizza-Fladen
nimmt ein Gaumen sicher Schaden!

Kinder, Kinder

Babysorgen

Von 500–300 v. Chr. entschieden viele Fragen über Leben und Tod eines Babys. Hättet ihr überlebt?

Der Vater begutachtet das Neugeborene.
Ist es kräftig?
Ja Weiter bei **1**
Nein Weiter bei **2**
Unklar Weiter bei **5**

1 Wenn du zu viele Söhne hast, werden sie dein Land in winzige Stücke teilen, wenn du stirbst. Zu viele Töchter kosten dich ein Vermögen. Willst du das Kind behalten?
Ja Weiter bei **6**
Nein Weiter bei **2**

2 Leg das Baby in ein irdenes Gefäß (einen Pithos) und setze es auf einem Berg aus. Hast du Mitleid?
Ja Weiter bei **4**
Nein Weiter bei **3**

3 Das Baby stirbt, bevor es eine Woche alt ist.

4 Verständige ein kinderloses Ehepaar. Sie holen sich das Kind, bevor es erfriert oder die Wölfe es finden. Das Baby bekommt neue Eltern.
Weiter bei **6**

5 Der Vater prüft das Kind, indem er es mit Eiswasser, Wein oder Urin (uäh!) einreibt. Überlebt es?
Ja Weiter bei **6**
Nein Weiter bei **3**

6 Das Kind gehört nun zur Familie. Verkünde das freudige Ereignis mit dem passenden Schmuck an deiner Haustür: Einen Olivenzweig für einen Jungen, ein bisschen Wolle für ein Mädchen.
Weiter bei **7**

7 Haltet die Amphidromia-Zeremonie ab: Wenn das Baby sieben Tage alt ist, wird das Haus gefegt und der Boden mit Wasser besprengt. Der Vater rennt mit dem Kind auf dem Arm um den Herd, und die Familie singt Hymnen.
Weiter bei **8**

8 Im Alter von zehn Tagen bekommt das Baby einen Namen. (Ein Junge wird nach dem Großvater benannt.) Glückwunsch, du hast es geschafft – jetzt können dich nur noch Krankheiten, Seuchen, Unfälle oder Kriege dahinraffen!

Gute Nachricht: Jungen *mussten nicht* zur Schule.
Schlechte Nachricht: Mädchen *durften nicht* in die Schule gehen – sie sollten dumm bleiben.

Übrigens wurde im Matheunterricht nicht mit Zahlen, sondern mit Buchstaben gerechnet: a = 1, b = 2, c = 3 und so weiter.

Kriegt ihr heraus, was AFFE + BAD ergibt?

Lösung:
1665 + 214 = 1879

Ganz schlechte Nachricht: In der Schule hatte jeder Junge einen Sklaven dabei. Nein, nicht, damit der Sklave die Klassenarbeiten schrieb. Er sollte aufpassen, dass der Junge sich anständig benahm. Tat er es nicht, durfte der Sklave ihn schlagen.

Testet euren Lehrer

Die verrückten Griechen liebten es, über alles und jedes gründlich nachzudenken – so entstand die Wissenschaft der „Philosophie“. Die verrücktesten Gedanken aber hatte ein italienischer Denker: Zenon von Elea. Die Griechen dachten mit Vorliebe über Zenons Fragen nach. Prüft euren Lehrer mal mit dieser hier …

Paarhufer-Würfel

Vielleicht seid ihr ja an einer Schule, wo man zu Mittag essen kann? Dann hat das Essen bestimmt schon einmal so scheußlich geschmeckt, dass ihr überlegt habt, lieber zu hungern.

Bei den Lydier einmal war eine Hungersnot ausgebrochen. Sie beschlossen, etwas gegen ihr Problem zu tun, und stellten fest, dass sie immer hungriger wurden, je mehr sie an Essen dachten. Also erfanden sie Spiele, um sich abzulenken. Sie spielten Würfel und das Knöchelspiel. Als Würfel benutzten sie kleine würfelförmige Tierknochen.

Das Spielen beschäftigte sie so, dass sie den Hunger kaum mehr spürten. Am darauf folgenden Tag aßen sie alles, was sie finden konnten und spielten gar nicht. So ging das 18 Jahre lang! An einem Tag spielen, am nächsten Tag essen.

Also: Wenn ihr euer Essen mal nicht mögt, probiert es mit

dem Knöchelspiel! Alles, was ihr dazu braucht, sind fünf Knöchel eines Paarhufers (Paarhufer haben nämlich ganz wunderbar würfelförmige Fußgelenk-Knochen!). Zu den Paarhufern gehören zum Beispiel der Bison, Schweine, Ziegen, Antilopen und Schafe. Vielleicht hast du Glück, und in der Schule steht mal ein Paarhufer auf dem Speiseplan …

Wenn euer Schulkoch also gerade am Schlachten ist, dann frag ihn doch einfach nach diesen kleinen würfelförmigen Knochen im Paarhufer-Fußgelenk. Wenn Paarhufer-Eintopf gerade nicht geplant ist, dann musst du eben gewöhnliche Spielwürfel nehmen.

Das Knöchelspiel: „Fünf im Stall“

Mitspieler: einer oder mehrere

Du brauchst: fünf Paarhufer-Knöchelchen (oder Würfel)

Regeln: Legt vier Knöchelwürfel nebeneinander auf den Boden. Jeder ist ein „Pferd“.

Legt die linke Hand dahinter flach auf den Boden und spreize die Finger. Die Zwischenräume zwischen Fingern sind die einzelnen „Boxen“ im Pferdestall.

Werft den fünften Würfel mit der rechten Hand in die Luft.

Bevor ihr ihn mit derselben Hand wieder auffangt, schiebt ihr eines der „Pferde“ in eine Box – mit anderen Worten: Ihr versucht blitzschnell, einen der vier liegenden Würfel in einen Fingerzwischenraum eurer linken Hand zu schieben.

Ungefähr jetzt sollte der fliegende fünfte Würfel wieder elegant in eurer rechten Hand landen.

Wiederholt alles, bis alle vier Pferde im Stall sind – natürlich nur ein Pferd pro Box!

Nun zieht ihr die linke Hand weg, sodass die vier Pferde wieder im Freien stehen. Werft den fünften Würfel noch einmal mit der rechten Hand in die Luft, greift (immer noch mit rechts) gleichzeitig alle vier liegenden Würfel und lasst den fünften zu ihnen in die Hand fallen. Nun habt ihr „Fünf im Stall“.

Wenn ihr einen Durchgang geschafft habt oder wenn ihr einen Fehler macht, müsst ihr die Würfel an den nächsten Spieler weitergeben.

Wer als Erster zehnmal „Fünf im Stall“ hat, ist der Gewinner!

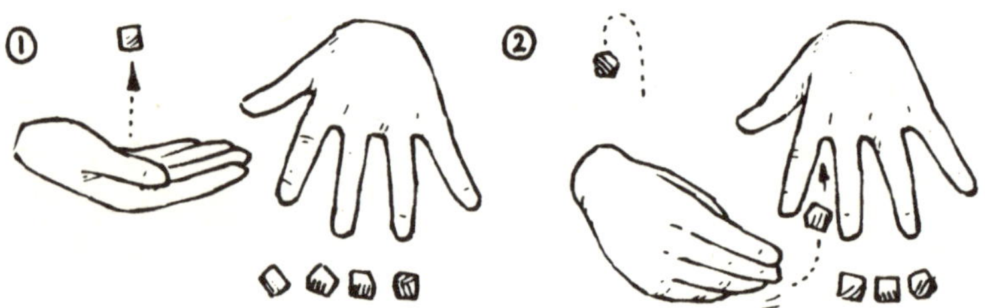

Spiele-Olympiade

Solche Spiele, die griechische Kinder damals erfanden, werden in manchen Ländern der Welt noch heute gespielt. Vielleicht kennt ihr das eine oder andere ja auch selber. Falls nicht und falls ihr gern mal ein paar antike Spiele ausprobieren wollt – hier werden sechs beschrieben:

Tag und Nacht

Ein Spiel für zwei Mannschaften, das immer noch in Italien, Frankreich und auch bei uns gespielt wird. Man braucht dazu eine Silbermünze. Malt die eine Seite mit Plakafarbe schwarz an – diese Seite ist die „Nacht“. Die helle Seite ist der „Tag“.

Regeln: 1 Teilt euch in zwei Mannschaften ein – in „Tag“ und „Nacht“.
2 Werft die Münze in die Luft.
3 Wenn sie mit der schwarzen Seite nach oben landet, jagt die „Nacht“ den „Tag“. Zeigt die silberne Seite nach oben, jagt der „Tag“ die „Nacht“.

Kochtopf

Regeln: 1 Einem Spieler werden die Augen verbunden.
2 Er setzt sich in die Mitte.
3 Die anderen versuchen, ihn zu berühren oder zu knuffen.
4 Der in der Mitte versucht, jemanden mit dem Fuß zu treffen.
5 Wer getroffen wird, muss in die Mitte.

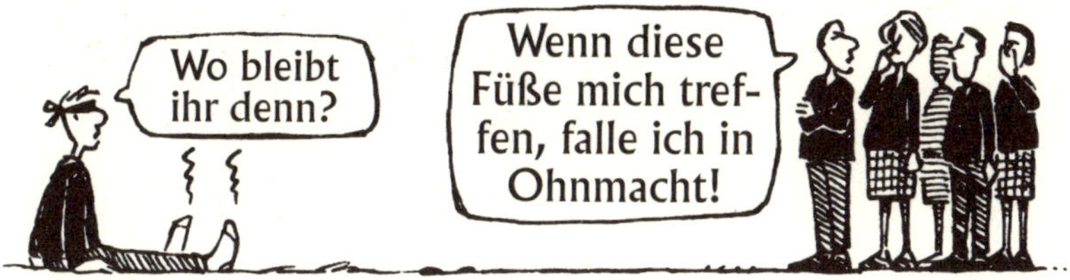

Bronzefliege

Die antike Version von „Blindekuh“. Ein Grieche beschrieb das Spiel so:

Ephedrismos

Regeln: **1** Einer der Spieler bekommt die Augen verbunden und nimmt einen anderen Huckepack.

2 Der Getragene dirigiert den Träger an ein bestimmtes Ziel, das im Boden abgesteckt wird.

3 Wenn der Träger das Ziel erreicht, werden die Rollen getauscht. Man kann auch einen Wettkampf veranstalten, bei dem mehrere Paare bis zum Ziel um die Wette laufen.

Wurfball

Die Griechen kannten auch Ballspiele, bei denen man mit einem Ball in ein schmales Tor treffen musste.

Wir wissen nur durch einige Vasenmalereien, wie es bei diesen Ballspielen zugegangen sein mag, aber die Regeln sind nie aufgeschrieben worden. Erfindet doch selbst welche! Vielleicht ging das Spiel so:

1 Einer steht an einem markierten Punkt in ausreichender Entfernung zum Tor.

2 Er hat zehn Versuche, mit dem Ball ins Tor zu treffen.

3 Der Gegner steht im Tor und wirft den Ball immer wieder zurück.

4 Wechsel: Nun darf der andere zehnmal werfen.

5 Wer bei zehn Würfen die meisten Treffer hat, ist der Sieger.

6 Beim nächsten Spiel wird der Wurfabstand vergrößert.

Auf den Vasenmalereien sieht es so aus, als ob der Verlierer den anderen eine Runde Huckepack tragen muss.

Kottabos

Regeln: **1** Steckt einen Holzstab in den Boden.

2 Balanciert eine kleine Metallscheibe auf der Spitze des Stockes.

3 Lasst beim Weintrinken einen kleinen Rest in eurem zweihenkeligen Becher (so machten es jedenfalls die alten Griechen).

4 Nehmt den Becher an einem Henkel und versucht, mit dem Rest Wein die kleine Scheibe auf dem Stock zu treffen, sodass sie herunterfällt.

(Könnt ihr euch vorstellen, dass erwachsene Griechen dieses alberne Spiel tatsächlich auf Festen spielten?)

Nehmt statt Wein und eines zweihenkeligen Bechers ruhig Wasser und eine normale Tasse. Als Stock geht auch ein Besenstiel und als Metallscheibe eine Münze … Aber probiert das Spiel lieber nicht bei euch im Wohnzimmer aus!

Geschichtstest für Eltern

Falls eure Eltern sich für superschlau halten, dann stellt sie doch mal mit einem kleinen Test auf die Probe. Alles, was sie antworten müssen, ist „Im alten Griechenland“, „In der Renaissance“ oder „Im 19. Jahrhundert“.

Eure Frage: In welcher Zeit gab es diese Spiele oder Spielsachen zuerst?

1 Marionetten

2 Dame

3 Tauziehen

4 Gliederpuppen
5 Kleine Modell-Streitwagen
6 Jo-Jo
7 Babyrasseln
8 Kreisel
9 Wippe
10 Ringe werfen

Lösung:
Die Kinder im alten Griechenland kannten alle diese Spiele bereits. Wer „Renaissance“ oder „19. Jahrhundert“ antwortet, liegt also falsch. Wie haben eure Eltern abgeschnitten?

10 Das kann nicht sein – geschummelt!

6–9 Gar nicht schlecht, eure Eltern!

3–5 Schickt sie noch mal zur Schule – oder gebt ihnen dieses Buch zu lesen.

0–2 Lasst euch von euren Eltern bloß nicht bei den Hausaufgaben in Geschichte helfen! Sogar euer Goldhamster könnte das besser. (Sogar ein toter Goldhamster könnte das besser!)

Die Römer kommen!

Große Pleite bei Beneventum

Mit der Zeit wurde die griechische Armee immer schwächer, und die Römer holten auf. Zuerst gewannen die Griechen noch jede Schlacht – obwohl sie jedes Mal viele Männer verloren. Die Römer aber lernten aus ihren Fehlern und wurden mit jeder Schlacht besser, bis schließlich im Jahre 275 v. Chr. …

Punktestand: Römer 1 – Griechen/Elefanten 0

Alles über griechische Elefanten

1 Der erste Grieche, der einer Elefantenarmee begegnete, war Alexander der Große auf seinem Indien-Feldzug.

2 Der Vorteil von kämpfenden Elefanten: Sie erschreckten den Feind und walzten alles nieder. Außerdem hatten Bogenschützen von einem Elefantenrücken aus eine gute Übersicht.

3 Die Griechen importierten ihre Elefanten aus Indien – und die Elefantentrainer gleich dazu. Ein Elefant musste schon von klein auf mit seinem Trainer arbeiten. Niemand anders konnte dem Elefanten Befehle geben, denn er verstand nur die Sprache seines Trainers.

4 Die indischen Elefantentrainer waren so wichtig, dass sie mehr verdienten als ein gewöhnlicher griechischer Soldat.

5 Ein Jahr nach dem Reinfall bei Beneventum stießen die Griechen nach Argos vor. Einer der Elefanten verlor in der Schlacht seinen Trainer. Das Tier rannte quer durch die Menge, bis es ihn schließlich, tot am Boden liegend, wieder fand. Es hob den Mann mit dem Rüssel auf, legte ihn sich über die Stoßzähne und trug ihn übers Schlachtfeld davon. Dabei trampelte es jeden zu Tode, der ihm in die Quere kam – Griechen sowie Römer.

Pyrrhos' tragisches Ende

König Pyrrhos kam im Kampf gegen die Römer auf ziemlich tragische Weise ums Leben. Im Jahre 274 v. Chr. verletzte ihn in der Schlacht bei Argos ein Bauer. Die Wunde war nicht sehr schlimm, aber Pyrrhos war wütend und wollte den Bauern mit seinem Schwert erschlagen.

Aber da hatte er die Rechnung ohne die Frauen von Argos gemacht. Sie waren auf die Dächer ihrer Häuser geklettert, um den Kampf mit zu verfolgen – wie stolze Mütter, die ihre Kinder beim Fußballspiel anfeuern. Die Sorte Mütter, die an der Außenlinie stehen und schreien: „Los, zeig's ihnen, Junge!", oder: „Dieser verdammte Schiedsrichter hat wohl Tomaten auf den Augen!"

Und wer musste genau in dem Moment hinsehen, als König Pyrrhos den bäuerlichen Kämpfer angreifen wollte? Ausgerechnet die Mutter des Bauern!

„Hey, lass gefälligst meinen Jungen in Ruhe, Mistkerl!", brüllte sie, riss eine Dachpfanne vom Giebel und warf damit nach dem König.

Tja … Entweder die Frau trainierte heimlich für die Weltmeisterschaft im Diskuswerfen, oder sie hatte einfach unglaubliches Glück. Der Dachziegel traf Pyrrhos nämlich am Hinterkopf, genau unterhalb des Helmes, und brach ihm das Genick. Der König fiel tot vom Pferd.

Hätte es damals schon Boulevardzeitungen gegeben – die Geschichte wäre ganz groß rausgekommen. Wie hätte damals wohl die Schlagzeile der Argos-Morgenpost gelautet? Vielleicht …

Mutter sah rot – Pyrrhos tot!

oder

Mama ist die beste!

Nachwort

Nach den sagenhaften Griechen kamen die Römer. Sie hielten sich für noch größer und toller als die Griechen. Und es dauerte nicht lange, da regierten sie die halbe Welt.

Im Vergleich zu den Griechen waren die Römer sehr viel blutrünstiger. Bei den römischen „Spielen“ wurden keine sportlichen Wettkämpfe ausgetragen wie in Olympia, sondern hier ging es um Leben und Tod. Zur Unterhaltung des Publikums kämpften Menschen gegen Tiere, Tiere gegen Menschen, Tiere gegen Tiere und Menschen gegen Menschen – bis zum blutigen Ende. Die Griechen wickelten beim Boxkampf Lederbänder um ihre Hände – so ähnlich wie die heutigen Boxhandschuhe. Die Römer dagegen benutzten Lederbänder mit spitzen abstehenden Nägeln.

Die griechischen Theaterstücke waren mitreißend und spannend gewesen. Die Römer versuchten, sie nachzuahmen, aber sie wollten mehr Action und Gewalt sehen. Am Ende eines römischen Stückes gab es auf der Bühne echte Tote.

Die folgende Geschichte ist ein gutes Beispiel dafür, was der Welt verloren ging, als die Römer Griechenland besetzten:

Archimedes war ein schlauer griechischer Forscher und Erfinder. Als die Griechen 211 v. Chr. in Syrakus von den Römern angegriffen wurden, erfand Archimedes geniale neue Waffen, die die Römer ganze zwei Jahre lang auf Abstand hielten:

Er dachte sich angeblich die „Todesstrahlen“ aus – riesige Spiegel vor der Stadt, die das Sonnenlicht reflektierten und die römischen Schiffe in Brand setzten – und große Katapulte, deren Geschosse jeden in die Flucht schlugen.

Doch schließlich durchbrachen die Römer die griechische Verteidigung und versetzten die Stadt Syrakus in Angst und Schrecken: Sie plünderten und mordeten.

Der römische Feldherr hatte allerdings befohlen: „Bringt mir den genialen Archimedes – ohne ihm ein Haar zu krümmen!"

Schließlich drang ein römischer Soldat in das Haus des Archimedes ein. Der Erfinder war gerade mitten in einem Experiment und hatte keine Zeit, sich mit so unwichtigen Dingen wie einer römischen Invasion zu beschäftigen.

Der Römer war fassungslos. Wieso beachtete der Alte ihn überhaupt nicht?

Der Römer wurde wütend. Wie konnte der Alte es bloß wagen, ihn nicht zu beachten?

Der Römer verlor die Beherrschung und tötete den wehrlosen Erfinder. Mit einem einzigen Schwerthieb löschte er das Leben eines der größten Genies aus, die je gelebt haben.

Der Soldat wurde dafür bestraft, dass er den Befehl des Feldherrn missachtet hatte – aber das machte den alten Archimedes auch nicht wieder lebendig.

Was die Römer auch taten, den Glanz der griechischen Kultur erreichten sie nie. Aber sie übernahmen die Macht, und den Griechen blieb nichts anderes übrig, als ihre Toten zu beklagen und zuzusehen, wie ihr Reich unterging ... Keine schöne Geschichte, leider ....